積塵房詩抄 I

적진방시초 I

2020년 10월 10일 초판 인쇄
2020년 10월 15일 초판 발행

지은이 목인 전종주
펴낸이 이찬규
펴낸곳 북코리아
등록번호 제03-01240호
전화 02-704-7840
팩스 02-704-7848
이메일 sunhaksa@korea.com
홈페이지 www.북코리아.kr
주소 [13209] 경기도 성남시 중원구 사기막골로 45번길 14 우림2차 A동 1007호

ISBN 978-89-6324-712-0(03810)
값 25,000원

積塵房詩抄

목인 전종주 한시집

적진방시초 Ⅰ

북코리아

자서(自序)

유년 시절의 내 꿈은 오로지 조부인 남계공(南溪公, 全在善, 1895~1974)의 그늘에서 벗어나는 것이었다. 천성이 게으르고 무능한 나는 결핍을 모르고 자란 탓인지 학문이나 명리(名利)에는 관심이 없었다. 학교 교육에는 관심이 없던 조부님은 일찍부터 나를 서당에 넣어 '사자소학'이나 '추구' 같은 고전을 외우게 하고, 분판(粉板)에 속서(俗書)를 익히게 했다. 그러다 보니 초등학교 6학년 1학기 때까지 삼촌 두 분께서 교대로 담임을 맡아 나를 가르쳤는데도 소위 상민의 글로만 인식된 '한글'을 익히지 못했고, '구구단' 같은 기초적인 교과목의 내용도 모르고 자랐다.

운이 없게도 중학교(여수중학교) 때는 당시 교장이던 백계(白溪) 임종근(林鍾根) 선생님에게 붙잡혀 매주 수요일마다 미술실에서 사군자를 배우게 되었는데, 연습해야 하는 양이 일주일에 화선지 반 권(250장)으로 자연스럽게 교과 수업은 뒷전으로 밀려나게 되었다. 백계 선생은 보성 출신으로 '광주학생항일운동'을 주도한 분답지 않게 의제 허백련 선생의 문하에서 문인화를 연찬하여 당시 국전(國展)에 수차 입선했던 선비 화가이면서 민족주의적인 교육자였다.

조부의 품에서 벗어나기 위해 나는 고등학교를 순천으로 옮겨갔지만, 그것도 잠시간의 해방이었다. 입학과 동시에 다시 조부의 손에 붙잡혀 효당(曉堂) 김문옥(金文鈺, 1901~1960) 선생의 장자(長子)인 벽강(碧岡) 김호(金灝, 1922~1988) 선생에게 맡

겨져 또다시 글씨와 시문(詩文)을 배우게 되면서 시대를 역행하는 학창 시절을 보내게 되었다.

고등학교 2학년 때인 1967년 봄에 효당 선생의 문인(門人)들이 선생의 사우(祠宇)를 건립하기 위해 다시 모이면서 중단된 '도남시사(道南詩社)'의 모임이 복원되어 매월 두세 차례의 시회(詩會)가 순천, 여수, 진주, 전주, 광주, 장흥, 목포 등지에서 열렸다. 도남시사(道南詩社)는 본래 1946년 효당 선생이 전남 화순군 사평면 절산리에 우거(寓居)를 정하고 후진을 양성하기 시작하면서 결성된 시회(詩會)의 명칭으로, 1960년까지 이어졌지만 선생이 돌아가신 이후 중단되었다가 1967년에 복원되어 전남 순천시 동외동에 소재한「삼광당한의원」2층의 벽강 선생 서실(書室)에 연락처를 두고 매월 서너 차례씩 명승지와 아름다운 풍광을 찾아 시회를 이어갔다. 1973년에 효당 선생의 사우(祠宇)인「절산사(節山祠)」와「도남재(道南齋)」가 건립된 이후로는 그곳에서 시회가 열렸지만, 1988년 한 해에 일청과 벽강 두 분 선생이 타계하면서 자연스럽게 시사(詩社)는 해산되었다.

도남시사는 기호학파의 중심학맥인 노사(蘆沙) 기정진(奇正鎭, 1798~1879), 노백헌(老柏軒) 정재규(鄭載圭, 1843~1911), 율계(栗溪) 정기(鄭琦, 1879~1950), 효당(曉堂) 김문옥(金文鈺, 1901~1960)으로 이어지는 동문(同門)들에 의해 결성된 시회이다. 전북 익산의 일청(一靑) 김형재(金亨在, 1909~1988), 충남 대전의 연정(燕亭) 임윤수(林允洙, 1917~2004), 나주의 중헌(重軒) 윤정복(尹丁鍑, 1917~2002), 성재(誠齋) 라갑주(羅甲柱), 장흥의 만취(晩翠) 위계도(魏啓道, 1926~1990), 화순의 홍기평(洪起平), 양동하(梁東厦), 김행곤(金行坤), 김철수(金哲洙), 순천의 벽강(碧岡) 김호(金灝, 1922~1988), 향산(香山) 박정례(朴貞禮,

1925~2009) 선생 등이 주로 참여하였다.

그 가운데 시사(詩社)의 좌장(座長)인 일청(一靑) 선생은 모임의 큰 어른으로, 어린 나를 무릎 제자로 강제(强制)하여 나에게 압운(押韻)의 기초를 일러 주면서 시회의 잡무를 맡기는 한편, 심부름꾼[使人]으로 부리고 때로는 시회의 빈자리에 앉혀 일부러 곤혹을 치르게 하는 무서운 교육자이기도 하였다. 일청 선생은 본래 나주 출신으로 효당 선생과 내 조부인 남계공이 율계 선생 문하에서 함께 동문수학한 인연 때문에 어려서부터 나는 케케묵은 노사학맥(蘆沙學脈)의 굴레를 벗어날 수가 없었으며, 그로 인해 평생을 고전(古典) 속에서 살아야 했다.

일청 선생께서는 어린 나에게 "글씨(書藝)는 인문학적 토대 없이 할 수 있는 기예(技藝)가 아니며, 문사철(文史哲)에 근거한 자기성찰 없이 창신(創新)은 애시당초 불가능하다"고 일러 주었으며, 벽강 선생 또한 "글씨는 어떤 경우에도 문식(文識)의 한계(限界)를 넘을 수 없다. 문식이 짧으면 필묵(筆墨)의 의태(意態)가 천박(淺薄)하고 비루(鄙陋)하게 드러나며, 문식이 깊고 시의(詩意)가 높으면 글씨도 그 품격만큼의 의취(意趣)와 일격(逸格)을 얻게 되는 것"이라고 일러 주셨다. 특히 일청 선생께서는 "서예가(書藝家)는 시작(詩作)을 포기하는 날 글씨도 함께 절필(絶筆)하는 것이 애써 가르친 스승을 욕되게 하지 않는 일임을 명심하라"고 당부하셨다.

두 분 스승의 유지를 받들고 시(詩), 서(書), 화(畵)의 길을 필묵으로 풀어낸 천민(天民)의 삶에 세월의 먼지가 쌓여 이제 칠순을 맞이했다. 그동안 모인 시초(詩草)들을 버릴 수도, 보관할 수도 없어서 이를 가아(家兒)에게 물었더니 인쇄를 제안하여 『積塵房詩抄』라는 이름을 붙여 출간하게 되었다.

평생을 지방의 미술대학에서 서예와 문인화를 가르치면서도 나는 단 한 번도 서울의 화려한 허울을 동경해 본 적이 없고, 소위 당대의 명가(名家)로 알려진 작가들의 모습을 선망(羨望)해 본 적은 더더욱 없다. 30여 년을 산림(山林)에 은거하여 맑고 조용하게 살면서 몸과 마음에 걸림이 없는 내 삶의 일상(日常)에 이미 길들여져 있어서 이제는 죽백(竹帛)조차 눈에 보이지 않는 안일(安逸)을 얻었다. 이번에 출간하는 시집은 그저 놀고, 먹고 자는 일 외에 만리(萬里)를 유람하거나, 인적(人跡) 없는 세상 밖을 돌아다니다가 얻은 시어(詩語)로 압운(押韻)이나 하고, 필묵유희(筆墨遊戲)로 자적(自適)하면서 바라본 세상의 느낌을 기록으로 남긴 내 감성의 파편들이다.

뒤돌아보건대 효당 선생 기제일(忌祭日)에 두 분 스승께서 나에게 "살면서 양식(糧食)은 빌려도, 글[文識]을 빌리지는 않아야 선비라 할 수 있다"는 잠언(箴言)으로 마지막 가르침을 주셨다. 이 유언을 지키기 위해 나는 몇 번의 개인전에 필요한 리플릿을 제작할 때에도 그 흔한 명망가(名望家)들의 서문(序文)이나 평문(評文)을 한 편도 게재(揭載)한 적이 없고, 이번 시집 출간에도 발문(跋文)을 자청(自請)한 몇몇 선배와 외우(畏友)들의 제안(提案)을 정중하게 사양(辭讓)한 연유(緣由)가 여기에 있음을 밝혀 둔다.

북코리아 출판사의 이찬규 사장님의 "편집 형식의 관행에서 오는 허전함을 짧은 글로라도 메울 수 있었으면 좋겠다"는 말씀에 거칠고 두서없는 이 글로 답하면서, 시대에 동떨어진 한시(漢詩)를 기꺼이 출판해 주신 데 대한 고마운 마음을 전한다.

2020년 9월

적진방(積塵房)에서 목인 전종주 쓰다

목차

2 漁舟唱晚

3 憶故人

4 筆墨所懷

5 喝

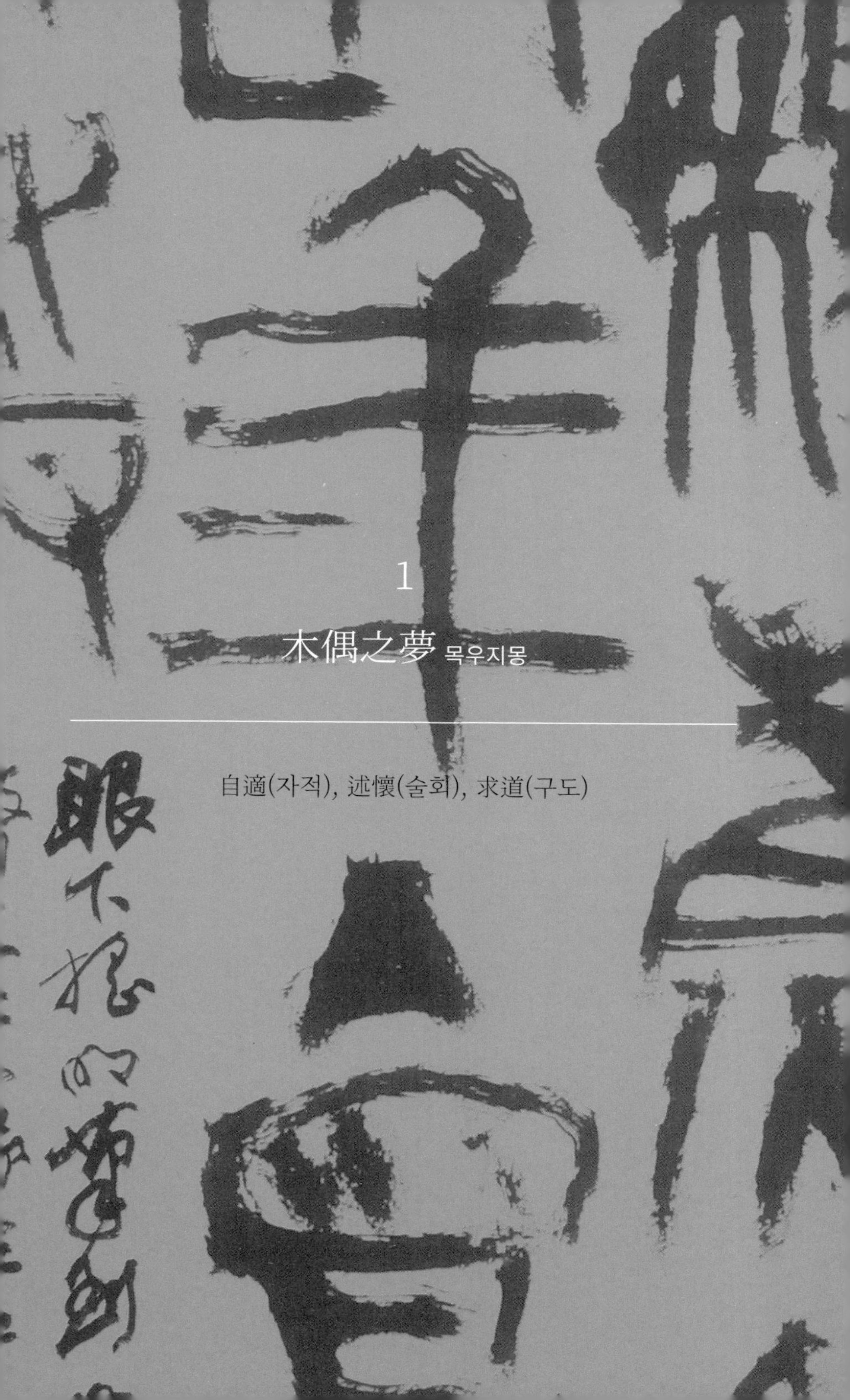

1

木偶之夢 목우지몽

自適(자적), 述懷(술회), 求道(구도)

木偶之夢
목 우 지 몽

桾櫏漸染墨
군 천 점 염 묵
柹葉肄修書
시 엽 이 수 서
水月含風韻
수 월 함 풍 운
雲巢欲逸居
운 소 욕 일 거

허수아비의 꿈

고욤나무에 먹물 들면
감나무 잎에 글씨 연습이나 하면서
수월이 풍류와 운치를 머금은
구름 속에 집 짓고 편히 살고 싶어.

木偶之夢
목 우 지 몽

硯在三淸象
연 재 삼 청 상
毫心一氣成
호 심 일 기 성
縱橫搖筆下
종 횡 요 필 하
自隱不求名
자 은 불 구 명

허수아비의 꿈

벼루에 해와 달과 별의 맑은 형상이 있어
붓끝도 그 맑음의 한 호흡으로 이루고자 하네.
종횡으로 움직이는 붓 아래에
스스로 숨어 이름을 구하지 않는다.

自適
자 적

月琴聽靜夜
월 금 청 정 야
詩意問阮堂
시 의 문 완 당
頭指煙霞外
지 두 연 하 외
開張句義囊
개 장 구 의 낭

한 밤의 정경(情景)을 즐기다

고요한 밤에 월금(月琴)을 듣다가
추사에게 시의(詩意)를 물었더니
손가락 가리키는 안개 너머에
구의(句義) 주머니 펼쳐 놓았네.

＊ 句義(구의): 글귀의 뜻.

卽事
즉 사

斜風江岸到
사 풍 강 안 도
煙霧水連飛
연 무 수 연 비
迷鳥悲鳴絶
미 조 비 명 절
漁舟夜不歸
어 주 야 불 귀

즉흥

스쳐가는 강바람에
물안개 연이어 피어오르고
길 잃은 새 울음도 그쳤건만
배는 밤이 늦어도 돌아오지 않네.

月滿埠頭
월 만 부 두

水月長竿掛
수 월 장 간 괘
扁舟不繫遊
편 주 불 계 유
生涯依筆墨
생 애 의 필 묵
忘機得自流
망 기 득 자 류

달빛 가득한 부두에서

수월이 삿대에 걸리면
조각배는 밧줄에 묶이지 않아 자유롭다.
생애를 필묵에 의지했으니
세속을 잊고 나만의 독자성을 얻었네.

過故鄉
과 고 향

寂寞人金浦
적 막 인 금 포
風擔月迫頭
풍 담 월 박 두
舊家曾半壞
구 가 증 반 괴
夜泊一扁舟
야 박 일 편 주

고향을 지나가면서

적막한 인금 포구에
바람을 짊어진 달이 떠오르네.
옛 집은 이미 반쯤 허물어졌고
밤 부두에 조각배 한 척 매어있네.

* 人金(인금): 여수시 화양면에 소재한 지명.

無題
무 제

日常無所有
일 상 무 소 유
浮客自由身
부 객 자 유 신
絶路忘機處
절 로 망 기 처
淸談不留塵
청 담 불 류 진

무제

일상의 무소유
정처 없이 떠도는 자유의 몸이어라.
길 끊겨 잊혀진 곳의
청담에 먼지가 없네.

回顧
회 고

北窓依顧眄
북 창 의 고 면
斜日落庭中
사 일 낙 정 중
筆墨生涯盡
필 묵 생 애 진
回光返照紅
회 광 반 조 홍

지난 세월 돌아보다가

북창 의지하고 뒤돌아본다.
지는 해 마당에 떨어지는 가운데
필묵생애 다하니
석양 햇살 되돌아와 붉게 비치네.

山中卽事
산 중 즉 사

秋高山月近
추 고 산 월 근
深谷水流長
심 곡 수 류 장
始旦煙雲起
시 단 연 운 기
霜華不臭香
상 화 불 취 향

산속에서

산이 높으면 달그림자 가깝고
골짜기가 깊어 물은 오래오래 흐르네.
새벽안개 일어
서리꽃은 냄새 없이 향기롭다.

木偶之歌
목 우 지 가

誰言行萬里
수 언 행 만 리
時有讀天符
시 유 독 천 부
方外三秋客
방 외 삼 추 객
胸中萬象圖
흉 중 만 상 도

허수아비의 노래

누가 만 리를 여행하라고 했는가?
때때로 천부경이나 읽으면서
바깥세상을 무수히 떠도는 나그네
가슴에 수많은 그림 있다네.

木偶之夢
목 우 지 몽

壯雪觀圖緯
장 설 관 도 위
明窓讀逸經
한 창 독 일 경
得名於耳記
득 명 어 이 기
淸靜自心銘
청 정 자 심 명

허수아비의 꿈

눈발이 쏟아지면 하도와 위서를 보고
창이 밝으면 희귀한 경서를 읽는다.
명리를 구하는 것은 귓가에 써 두고
청정의 도리를 마음에 새긴다.

* 圖緯(도위): 하도(河圖)와 위서(緯書).
* 淸靜(청정): 청정은 도(道)의 성질로
맑음(淸)은 하늘의 도(道)로 양(陽)이며,
고요함(靜)은 땅의 도로 음(陰)이다.

書齋
서 재

淸風戲竹影
청 풍 희 죽 영
明月照鷄窓
명 월 조 계 창
掩卷居然起
엄 권 거 연 기
虛亭渡石杠
허 정 도 석 강

서재에서

청풍이 대 그림자 희롱하고
밝은 달 서재를 비춰
책 덮고 일어나
빈 정자의 돌다리 건너네.

＊ 鷄窓(계창): 서재를 달리 이르는 말로 중국 진(晉)나라 송처종(宋處宗)이 서재의 창 밑에서 기른 닭이 사람의 말을 이해하고 그와 더불어 이야기하며 학식을 도왔다는 데서 유래한다.(『유명록(幽冥錄)』에 "晉宋處宗常買一長鳴 鷄著窓間 後鷄作人語 與宗談論 終日不輟 處宗因此功業大進"이라 했음)

木偶之歌
목 우 지 가

高風淸靜下
고 풍 청 정 하
世事不須聞
세 사 불 수 문
散逸如溪水
산 일 여 계 수
先生號白雲
선 생 호 백 운

허수아비의 노래

높은 기개가 맑고 고요한 가운데
세속의 이야기 듣지 않으면서
숨고 흩어짐이 시냇물 같아
선생의 호를 백운이라 한다네.

宿坎道
숙 감 도

月近人金里
월 근 인 금 리
魚舟不繫流
어 주 불 계 류
風來過水上
풍 래 과 수 상
吹浪幼魚浮
취 랑 유 어 부

감도에서 하룻밤을 묵다

인금마을에 달이 가까워지면
낚싯배 닻을 풀어 흘려보낸다네.
바람이 물 위에 스쳐 가면
어린 물고기떼 물 위에 떠서 숨을 몰아쉬네.

閑居
한 거

天文窮緯學
천 문 궁 위 학
風掛望枝頭
풍 괘 망 지 두
窺見神符契
규 견 신 부 계
閑居物外遊
한 거 물 외 유

한가하게 살면서

천문과 위학을 공부하여
바람 걸린 나뭇가지 구경한다네.
곁눈질로 신명의 부호나 훔쳐보고
세상 밖에서 유람이나 하고 한가하게 살아야지.

隱居
은 거

自逸詩書畫
자 일 시 서 화
餘時說後生
여 시 설 후 생
暝中觀有色
명 중 관 유 색
支頤聽無聲
지 이 청 무 성

숨어 살면서

스스로 시서화를 즐기고
나머지 시간에는 후배를 가르친다.
어둠 속에서 사물의 형색을 보거나
턱 받치고 자연의 소리 듣는다.

不睡夜
불 수 야

世路連都會
세 로 연 도 회
眞人不在京
진 인 부 재 경
逸經何有所
일 경 하 유 소
閑臥詠無名
한 와 영 무 명

잠 못 이루는 밤에

세상살이가 도회지로 이어져 있어도
진인은 서울에 없다네.
일경은 어디에 있을까?
한가하게 누워서 이름 없는 시인의 시를 읊는다네.

* 逸經(일경): 세상에 숨어 있는 경서(經書).

遊
유

風流明月喜
풍 류 명 월 희
習俗藝人憂
습 속 예 인 우
不願無求事
불 원 무 구 사
忘機自在遊
망 기 자 재 유

놀다가

풍류는 명월의 즐거움이고
습기와 속기는 선비의 근심이다.
원함이 없고 구하는 일이 없으니
구하는 바가 없는 것이 진정한 자유로움이다.

過金谷
과 금 곡

罰酒多金谷
벌 주 다 금 곡
吟風大醉翁
음 풍 대 취 옹
句文依半睡
장 구 의 반 수
押韻字貧窮
압 운 자 빈 궁

금곡을 지나가면서

벌주 많은 금곡
풍월에 크게 취한 늙은이
문장을 졸음에 의지하니
운자 맞추는 글자가 궁핍하구나.

* 金谷(금곡): 중국 서진(西晉)의 대부호인 석숭(石崇)이 낙양성 북쪽 20여 리에 금곡별업(金谷別業)이라는 별장을 짓고, 매일 당대의 호걸과 문인묵객을 초대하여 풍류를 즐긴 것에서 비롯된 고유명사. 이백의 「춘야연도리원서(春夜宴桃李園序)」에 "罰依金谷酒數"라 했음.

秋夜
추 야

月下魚舟掉
월 하 어 주 도
風便盪槳聲
풍 편 탕 장 성
目前人不見
목 전 인 불 견
孤客感浮生
고 객 감 부 생

가을밤에

달빛 아래 낚싯배 멀어도
바람에 실려 오는 삿대 소리.
눈앞에 사람 보이지 않아
외로운 나그네 덧없는 삶을 돌아보네.

* 盪槳(탕장): 삿대를 움직이다.

秋夜卽事
추 야 즉 사

雨後淸風起
우 후 청 풍 기
星輝滿庭除
성 휘 만 정 제
曲肱聞促織
곡 굉 문 촉 직
心散客愁餘
심 산 객 수 여

가을밤에

비 그친 후에 맑은 바람 불고
별빛은 뜰에 가득하네.
와상에 팔베개로 누워서 듣는 귀뚜라미 소리에
마음 산란한 나그네의 수심만 넘치게 하네.

* 庭除(정제): 뜰, 섬돌 아래.
* 曲肱(곡굉): "曲肱而枕之"의 준말.
* 促織(촉직): 귀뚜라미.

無題
무 제

所思非成語
소 사 비 성 어
途窮已水沈
도 궁 이 수 침
時空原一體
시 공 원 일 체
皎月自無心
교 월 자 무 심

무심

생각하는 바가 말로 표현되지 않고
앞길은 이미 물에 잠겼네.
때와 장소가 본래 하나이니
밝은 달도 무심이 본래의 마음이구나.

木偶之夢
목 우 지 몽

退筆聊爲字
퇴 필 요 위 자
枕經晝夢餘
침 경 주 몽 여
虛中臨甲骨
허 중 임 갑 골
感起吉金書
감 기 길 금 서

허수아비의 꿈

끝이 닳은 붓으로 심심풀이 글자를 쓰면서
책을 베고 누워 공상에 잠기네.
손가락으로 허공에 갑골문을 베끼다가
느낌이 일어 질 좋은 철필로 옥인재(玉印材)에 글을 새긴다.

* 吉金(길금): 좋은 쇠로 만들어진 철필(鐵筆). 전각도(篆刻刀).

木偶之夢
목 우 지 몽

詩書千古近
시 서 천 고 근
水月萬年閑
수 월 만 년 한
創意風塵外
창 의 풍 진 외
舒懷天地間
서 회 천 지 간

허수아비의 꿈

시서는 천년이 가까워지고
자연은 만년을 한가하게 보내네.
마음이 세상 밖에 있으니
가슴에 품은 생각 그냥 하늘과 땅 사이에 풀어놔야지.

溪邊卽事
계 변 즉 사

林間飛鳥下
임 간 조 비 하
枯葉落溪瀛
고 엽 락 계 영
留與登蜩甲
유 여 등 조 갑
新蟬放一聲
신 선 방 일 성

숲속 시냇가에서

숲 사이로 날아간 새 뒤따라
낙엽이 늪에 떨어졌다.
나뭇잎에 있던 쓰르라미 껍질에서 나온
새 매미 한 번 크게 우네.

林間卽事
임 간 즉 사

泥中行解甲
니 중 행 해 갑
蜩變幻新生
조 변 환 신 생
道樹淸陰下
도 수 청 음 하
金蟬脫殼聲
금 선 탈 각 성

숲속에서

진흙더미 속에서도 껍질을 벗고
유충이 변하여 새로운 모습으로 태어났네.
보리수 맑은 그늘 아래
금빛 매미 허물 벗는 소리.

偶吟
우 음

垂綸援引月
수 륜 원 인 월
同繫石舟浮
동 계 석 주 부
搖櫓山門到
요 로 산 문 도
生呑古佛喉
생 탄 고 불 후

우연히

낚싯줄로 달을 끌어내는데
함께 묶인 돌배가 떠올라,
노를 저어 절 앞에 이르렀더니
산 채로 부처가 삼켜 버렸다.

山中
산 중

山鳥依然在
산 조 의 연 재
煙霞月照林
연 하 월 조 림
此時無所有
차 시 무 소 유
莫語發天心
막 어 발 천 심

산속에서

산새 의연하고
안개 낀 달빛 숲
지금 무소유를
말하지 마라, 하늘의 마음이니.

卽事
즉 사

常撫胸中月
상 무 심 중 월
無心讀逸經
무 심 독 일 경
餘時呵古鏡
여 시 아 고 경
隱現得新銘
은 현 득 신 명

일상의 일

항상 가슴속의 달을 어루만지고
무심의 경서를 읽는다.
남는 시간에 입김 불어 옛 거울을 닦았더니
은은하게 드러나는 새로운 명문을 얻었네.

自足
자 족

自初行有教
자 초 행 유 교
得意學無求
득 의 학 무 구
獨樂詩書畵
독 락 시 서 화
餘生物外遊
종 생 물 외 유

스스로 만족하다

처음부터 가르침을 실행하였고
뜻한 바 이미 얻었으니 더 이상 배워서 구할 것도 없네.
시서화나 홀로 즐기면서
남은 생을 세속 밖에서 놀아야지.

於無字房
어 무 자 방

山外煙雲境
산 외 연 운 경
門前水月來
문 전 수 월 래
臥看無字牒
와 간 무 자 첩
妙得有爲哉
유 유 백 운 개

무자방에서

산 너머 안개 피어오르는데
문 앞 연못에는 달이 뜨네.
누워서 글자 없는 책 읽다가
오묘한 삶의 이치 얻는다네.

過寒山寺
과 한 산 사

包袋煙雲座
포 대 연 운 좌
寒山水月明
한 산 수 월 명
虛空觀有色
허 공 관 유 색
拾得聽無聲
습 득 청 무 성

한산사를 지나가면서

포대화상 안개와 구름 속에 앉아 있고
한산은 물에 비친 달처럼 밝다네.
빈 하늘에서 생명의 빛을 본
습득은 도(道)의 고요함[無聲]을 듣고 있었네.

* 包袋(포대): 豊干(풍간).
* 拾得(습득): 당나라의 승려이자 시인.

囊中月
낭 중 월

玩月煙雲放
완 월 연 운 방
星辰亦覓窮
성 신 역 멱 궁
歸來吟玉韻
귀 래 음 옥 운
皎鏡已囊中
교 경 이 낭 중

주머니 속의 달

가지고 놀던 달을 안개 속에 떨어뜨려
별들도 찾기를 다하였다.
돌아오는 길에 시가를 읊다가
달은 이미 나의 주머니[詩囊] 속에 있음을 알았네.

* 皎鏡(교경): 밝은 거울이란 뜻으로, 달을 가리키는 말.

自適
자 적

半夜料天象
반 야 요 천 상
無時察地紋
무 시 찰 지 문
山川團氣處
산 천 단 기 처
半臥對烟雲
반 와 대 연 운

아무렇게나 살면서

밤새워 천문(天文)을 읽고
때때로 혈장이나 살펴보면서
산천정기 모인 곳에
반쯤 누워 연운(煙雲)과 마주하네.

禪悅
선 열

星辰山上睡
성 신 산 상 수
明月水中徊
명 월 수 중 회
半夜人無語
반 야 인 무 어
淸風豈所來
청 풍 기 소 래

참선의 기쁨

별들이 산 위에서 졸고,
밝은 달은 물 속에 어정거리네.
밤이 깊어 사람소리도 없는데
맑은 바람 어디서 불어오나.

午睡
오 수

樹陰珈琲飮
수 음 가 배 음
花發景加添
화 발 경 가 첨
午熱隨時睡
오 열 수 시 수
惟書信手拈
유 서 신 수 념

한낮의 졸음

그늘에서 마시는 커피
꽃은 피어 풍치를 더하고,
한낮의 열기에 수시로 졸면서도
들려 있는 책은 놓지 않아.

寄弗寒子
기 불 한 자

與君爲補舊
여 군 위 보 구
擧火逆風前
거 화 역 풍 전
却向呼開創
각 향 호 개 창
過時易入禪
과 시 이 입 선

불한자에게 보내다

그대와 더불어 창신보구(創新補舊)를 위해
드센 역풍 앞에서 횃불을 들고
앞으로 나아가 새로운 세상을 외쳤었는데
이제 세월 흘러 평온한 선문(禪門)에 들었구려!

看水
간 수

水流過峻嶺
수 류 과 준 령
山足立川前
산 족 입 천 전
萬物含生氣
만 물 함 생 기
天機是自然
화 개 시 자 연

물을 보고

물은 흘러 높은 산과 고개를 넘지만
달리는 산은 작은 개천 앞에서도 멈춰 서네.
물이 흘러 만물이 생기를 머금는
하늘의 조화 이것이 자연이다.

* 天機(천기): 만물의 조화(調和)를 꾸미는
하늘의 기밀(機密).

指頭空書
지 두 공 서

虛空臨古典
허 공 임 고 전
妙得創新求
묘 득 창 신 구
有歲心中作
유 세 심 중 작
無終樂淸遊
무 종 락 청 유

손가락으로 빈 하늘에 글씨를 쓰다

빈 하늘에 고전을 임서하고
얻은 이치로 창신을 구하니
마음속에 지은 농사가 풍년이라.
자연과 함께하는 즐거움 끝이 없네.

＊ 有歲(유세): 풍년.

夢境
몽 경

夢裏看迷妄
몽 리 간 미 망
煙雲醉未醒
연 운 취 미 성
欲將揚號取
욕 장 양 호 취
鉤勒白雲銘
구 륵 백 운 명

꿈속에서

꿈속에서 미망을 보았네.
연운에 취하여 미처 깨지 못하고,
유명해지고 싶은 욕망이
흰 구름 위에 내 이름을 억지로 새겼다네.

假家房付壁
가 가 방 부 벽

君子從天道
군 자 종 천 도
名師趁世風
명 사 진 세 풍
不知而運命
부 지 이 운 명
莫語奪神功
막 어 탈 신 공

가게에 써 붙이다

군자는 하늘의 도를 따르고
이름난 풍수는 세속을 따를 뿐,
그대 자신의 운명도 모르면서
함부로 신의 능력을 빼앗아
천명(天命)을 바꿔 주겠다고 말하지 말게.

* 여기서 '而'는 2인칭 평성(平聲)으로 '그대'를 뜻함.
* 奪神功(탈신공): 지가서(地家書)인 『금낭경(錦囊經)』에 "군자는 신(神)이 할 일을 빼앗아 하늘이 내린 운명을 바꾼다(是以君子奪神功 改天命)"는 말이 있음.

木偶之歌
목 우 지 가

寫字初臨鳥迹書
사 자 초 임 조 석 서
文章覓句眼根鋤
문 장 멱 구 안 근 서
遮情絶學無求境
차 정 절 학 무 구 경
得意從來欲逸居
득 의 종 래 자 일 거

허수아비의 노래

글씨는 첫 임서를 조적과두문자(鳥迹蝌蚪文字)로부터 시작하고
문장의 선구(選句)와 어휘(語彙)는 안식(眼識)의 호미로 찾아야 한다네.
세속의 정과 배움을 끊는 무구(無求)의 경계에서
뜻을 이룬 지금의 모습 그대로 한가하게 숨어 살고 싶네.

＊ 鳥迹(조적): 복희씨(伏義氏 · 伏犧氏)의 신하(臣下) 창힐(倉頡 · 蒼頡)이 새의 발자취(鳥迹)를 보고 글자를 처음 만들었다고 함.

靜坐摩崖前
정 좌 마 애 전

雪風消像讀摩崖
설 풍 소 상 독 마 애
雨露天來屋漏垂
우 로 천 래 옥 루 수
直面流痕看有極
직 면 유 흔 간 유 극
曲江生息學無爲
곡 강 생 식 학 무 위

마애불 앞에서

풍설(風雪)에 없어진 형상의 마애를 읽는데
우로가 하늘에서 내려와 옥루(屋漏)로 드리웠네.
바로 흐른 물때의 흔적에서 유극(有極)을 보고
굽은 강의 살아 숨 쉬는 모습에서 무위(無爲)를 배운다네.

宿故鄉
숙 고 향

海棠花發舊家中
해 당 화 발 구 가 중
過雨江頭水面風
세 우 강 두 수 면 풍
燕雁代飛餘寂靜
연 안 대 비 여 적 정
幽冥連亘掛天弓
유 명 연 긍 괘 천 궁

고향에서

옛집에 해당화 만발한데
지나가는 비 따라 온 바람 물가에 이네.
제비 오기 전에 기러기 날아간 것처럼 쓸쓸함만 남아 있는데
저승까지 잇대어진 무지개 걸려 있네.

* 燕雁代飛(연안대비): 사람이 서로 멀리 떨어져 소식(消息) 없이 지냄을 이르는 말.
* 連亘(연긍)=延亘, 聯亘.
* 天弓(천궁): 무지개.

山中卽事
산 중 즉 사

雨來花發道生然
우 래 화 발 도 생 연
雲外爲隣月滿川
운 외 위 린 월 만 천
幽鳥吟風和有樂
유 조 음 풍 화 유 락
乾坤造化豈無緣
건 곤 조 화 기 무 연

산중에서

비 오고 꽃피는 일은 자연스러운 것이고
구름 밖의 이웃도 결국 달빛 가득한 시냇가라네.
산새가 시를 읊어 온화한 즐거움이 있고
하늘과 땅이 조화를 이루니 어찌 인연 없다 하리오.

俗居
속 거

莫非世俗卜何居
막 비 세 속 복 하 거
市井塵汚住艸廬
시 정 진 오 주 초 려
自足無名求不得
자 족 무 명 구 부 득
心閑自適興猶餘
심 한 의 적 흥 유 여

세속에 살면서

세속 아닌 곳이 없다는데 어디서 살아야 하나.
시정의 먼지에 오염된 초막에 살면서
무명으로 만족하고 구하여 얻는 것이 없으니
마음이 한가하고 뜻에 맞으니 흥이 넘치네.

自足
자 족

卜居市井不同流
복 거 시 정 부 동 류
詩夢書風物外求
시 몽 호 운 물 외 구
自逸無名求獨善
자 일 무 명 구 독 선
明窓有意玩毫遊
명 창 유 의 완 호 유

스스로 흡족하여

시정에 살아도 같이 휩쓸리지 않고
시서의 영감은 세상 밖에서 구하네.
무명으로 숨어 혼자만의 추구함이 있고
밝은 창에 마음이 있어 붓을 희롱하면서 놀 뿐이네.

共寓卽事
공 우 즉 사

阿孩興起競跳趨
아 해 흥 기 경 도 추
況有飼尨繼吠呼
황 유 사 방 계 폐 호
夜半衰翁眠不得
야 반 쇠 옹 면 부 득
何時免窮出共寓
하 시 면 궁 출 공 우

아파트에 살면서

아이들이 흥이 나면 경쟁적으로 뛰고 달리는데
거기에 키우는 삽살개까지 짖어대는 데야.
밤이 깊어도 쇠약한 늙은이 잠 못 드는데
어느 때나 가난을 면하고 이 아파트에서 이사를 나갈 수 있을까.

＊ 共寓(공우): 아파트.

休字說
휴 자 설

朴與休字破木人
박 여 휴 자 파 목 인
體邊借換見周秦
체 변 차 환 견 주 진
何慮學書無成道
하 려 학 서 무 성 도
欲將縱橫自在身
욕 장 종 횡 자 재 신

휴(休)의 이야기

박(朴)과 더불어 휴(休)자를 깨면 목인인데
체와 변이 바뀌는 것은 주(周)나 진(秦)의 글자에서도 보이네.
글씨 배워서 이룬 것 없음을 어찌 걱정하랴!
종횡으로 자유로운 몸이고 싶어라.

夜伴卽事
야 반 즉 사

千載經書見汚陬
천 재 경 서 견 오 추
萬家筆帖擲爐丘
만 가 필 첩 척 로 구
誰知怨咎時流變
수 지 원 구 시 류 변
電畵今宵拍笑遊
전 화 금 소 박 소 유

한밤중에

천년의 경서가 쓰레기장 구석에 보이고
수많은 필첩이 불쏘시개로 쓰이네.
누구를 원망하고 꾸짖으랴, 세상이 변한 것을
TV는 오늘밤도 박장대소로 웃고 놀기만 하는데.

* 壚丘(노구): 흙으로 만든 부엌.
* 電畵(전화): TV.

修行
수 행

水流花發豈不知
수 류 화 발 기 부 지
毆佛比丘餓鬼離
구 불 비 구 아 귀 리
擔碣老龜常待主
담 갈 노 구 상 지 주
雲中靑鶴返何時
운 중 청 학 반 하 시

수행

물이 흘러 꽃피는 것을 어찌 모르랴
스님이 부처를 때리니 아귀가 떠나네.
늙은 거북은 비석을 짊어지고 주인을 기다리는데
구름 속의 청학은 언제쯤 돌아올까?

過河東
과 하 동

琴上春風入舊家
금 상 춘 풍 입 구 가
河東場店出新茶
하 동 장 점 출 신 다
去年相別草根飯
거 년 상 별 초 근 반
今日留存雁札沙
사 일 류 존 안 찰 사

하동 송림에서

가야금 소리 타고 봄바람 옛집으로 들어가더니
하동 장(場)에도 새 찻잎이 나와 있고,
지난해 풀뿌리 밥상 앞에서 우리 서로 헤어졌는데
지금도 기러기가 남긴 편지 모래 위에 남아 있구려.

寄羅翁
기 나 옹

山足居留意自閑
산 족 거 류 의 자 한
潭心月到水流還
담 심 월 도 수 류 환
煙雲遮掩風塵事
연 운 차 엄 풍 진 사
寂靜聊爲木石間
적 정 료 위 목 석 간

나옹에게

산기슭에서 잠시 살아 보니 생각이 절로 한가하고
호수 가운데로 달이 뜨면 흐르는 물도 돌아오네.
구름이 세상사를 가로막아도
고요한 목석(木石) 사이에서 즐거움을 찾는다오.

蛻變有感
태 변 유 감

迷路泥中出幻生
미 로 니 중 출 환 생
金蟬蛻變待山晴
금 선 태 변 대 산 청
隨時脫殼銷三界
수 시 탈 각 소 삼 계
道樹登臨放一聲
도 수 등 림 방 일 성

매미가 껍질을 벗음

미로의 진흙더미 속에서 다른 모습으로 태어나
허물을 벗고 변한 금빛 매미 산천이 맑아지기를 기다리네.
수시로 껍질을 벗어 삼계의 번뇌를 녹여 내고
보리수나무에 올라 크게 한 번 노래한다네.

＊ 幻生(환생): 매미가 유충에서 날개를 가진 다른 모습의 성충으로 태어남.
＊ 道樹(도수): 보리수(菩提樹), 석가세존(釋迦世尊)이 이 나무 밑에서 깨달음을 얻은 데서 유래(由來)된 나무 이름.

坎道一隅
감 도 일 우

古佛山頭掛木魚
고 불 산 두 괘 목 어
老僧樹下臥看書
노 승 수 하 와 간 서
坎中連月何時見
감 중 연 월 하 시 견
不宿星辰今夜虛
불 수 성 신 금 야 허

감도에서

고불산 위에 목어를 걸어 두고
노승은 나무 아래에 누워서 책을 읽네.
감중을 이은 달빛은 언제쯤 볼 수 있을까?
별이 잠들지 않았으니 오늘밤도 허사로구나.

＊ 木魚(목어): 나무로 고기 모양(模樣)의 목고(木鼓)를 만들어 매달고 불사(佛事)에 두드리는 기구(器具). 물고기는 눈을 뜨고 잠을 자므로 수행자는 잠을 잘 때도 눈을 뜨고 자야 한다는 의미.

＊ 坎中連月(감중연월): 감괘(坎卦)를 의미하는 말로, 금환(金環)의 중간을 물로 연결하는 모양을 의미하고 물이 빠졌을 때 만월의 달빛이 물에 반사되면 감중연월이 이루어진다고 함.

無相門
무 상 문

勒銘雲水柱聯藏
륵 명 운 수 주 련 장
蹉跎言舌古則忘
차 타 언 설 고 칙 망
樹枝幽鳥談般若
수 지 유 조 담 반 야
月滿牆外座無相
월 만 장 외 좌 무 상

무상문

운수(雲水) 새긴 주련(柱聯) 품고
입담에 미끄러져 화두를 잃었네.
나뭇가지에 앉은 새는 반야를 말하고
달빛 가득한 담 밖에는 무상이 자리하고 있네.

* 古則(고칙): 話頭(화두)와 같은 말.

夜半卽事
야 반 즉 사

酒家補壁醉餘興
주 가 포 벽 취 여 흥
金帳銀鉤勿自矜
금 장 은 구 물 자 긍
夜半書窓新月近
야 반 서 창 신 월 근
起來下筆古碑謄
기 래 하 필 고 비 등

밤중에

술집에 작품이 걸리는 것은 취한 여흥이니
권부(權府)에 걸린 현판 자랑하지 마라.
밤중의 서창에 새 달 밝으니
자다 일어나 옛 비를 등하네.

* 金帳(금장): 궁중에서 쓰는 휘장. 제왕의 글씨가 아니면 현판을 새길 때도 금색으로 칠할 수가 없음.
* 銀鉤(은구): 권력의 입맛에 맞는 문구의 글씨를 은색으로 각(刻)하여 걸어 놓은 현판.

所懷
소 회

無名筆業老書家
무 명 필 업 노 서 가
翰墨臨窓玩月華
한 묵 임 창 완 월 화
只在滿空銀漢暮
지 재 만 공 은 한 모
未從古法有爲賒
미 종 고 법 유 위 사

소회

이름 없이 붓으로 업을 삼아 서가로 늙으니
한묵의 창가에 뜬 달빛 사랑하네.
이제 하늘 가득했던 은하는 저물고
옛 법을 따르지도 않았으니 유위(有爲)의 경계 아득하여라.

山頂閑坐
산 정 한 좌

山上看牛更不尋
산 상 간 우 갱 불 심
紛塵世路已汚衿
분 진 세 로 이 오 금
夢中解脫空浮幻
몽 중 해 탈 공 부 환
無字般若定我心
무 자 반 야 정 아 심

산 위에 앉아서

산 위에서 소(마음)를 보았지만 다시 찾지 않았음은
티끌세상에 이미 옷깃을 더럽혔기 때문이라.
꿈속의 해탈은 허공에 떠 있는 환영이고,
무자반야로 내 마음부터 바로잡는다오.

禪門
선 문

孤寒世路見花稀
고 한 세 로 견 화 희
何事空山杜宇飛
하 사 공 산 두 우 비
靜坐聞香臨待月
정 좌 문 향 임 대 월
禪門甘露濕沾衣
선 문 감 로 습 점 의

절에서

춥고 외로운 세상에 꽃 보기 어려운데
어찌하여 빈산에 두견화 날리는가?
조용히 앉아 꽃향기 맡으면서 달을 기다리는데
절집의 감로에 옷이 젖네.

木偶之歌
목 우 지 가

無心放月硯池留
무 심 방 월 연 지 류
夜半相交象外遊
야 반 상 교 상 외 유
時有雲間章得句
시 유 운 간 장 득 구
自娛戲墨也風流
자 오 희 묵 야 풍 류

허수아비의 노래

무심코 달을 놓아주었더니 어느새 연지에 머물러
밤새워 서로 어울려 세상 밖의 경계에서 노니네.
때때로 구름 사이에서 시어를 얻고
스스로 필묵을 즐기니 이 또한 풍류로다.

* 象外(상외): 범속(凡俗)과 떨어진 자연의 경계(境界).
* 戲墨(희묵): 자기(自己)의 그림이나 글씨를 낮추어 일컫는 말.

退職有感
퇴 직 유 감

筆墨生涯羨彩霞
필 묵 생 애 선 채 하
學承開卷老莊家
학 승 개 권 노 장 가
幽居自適無求名
유 거 자 적 무 구 명
今夜窓前滿月華
금 야 창 전 만 월 화

퇴직에 즈음하여

필묵에 생을 다하면서 아름다운 노을을 탐하였고
학문은 노장을 이어받았다.
궁벽한 곳에 유유자적하고 살면서 이름을 구하지 않았으니
오늘 밤도 창 앞에는 달빛 가득하네.

書罷
서 파

硯上求生幾過年
연 상 구 생 기 과 년
筆耕終罷帶霞烟
필 경 종 파 대 하 연
靜虛心眼觀天地
정 허 심 안 관 천 지
推察風雲學自然
추 찰 풍 운 학 자 연

글씨 쓰기를 그만두고

벼루 위에서 살길 구한 지 몇 해이던가
글씨 쓰기를 그만두었더니 안개 앞이네.
고요한 마음의 눈으로 세상을 보고
바람과 구름을 살펴 자연을 배우네.

聽訃音懷朋執
청 부 음 회 붕 집

識瘖得夢出人情
식 음 득 몽 출 인 정
文瞽牽徒入火坑
문 고 견 도 입 화 갱
師不墨泥飛散在
사 불 묵 니 비 산 재
遺塵書室掛虛名
유 진 서 실 괘 허 명

부음(訃音)을 듣고 벗을 생각하다

글을 아는 벙어리 깨달음을 얻어 욕망의 굴레 벗어났고
글 모르는 스승은 제자들을 이끌고 불지옥으로 들어갔네.
스승답지 않은 먹 찌꺼기 여기저기 흩어져 바람에 날리고
먼지만 남은 서실에 허명(虛名)이 걸려 있네.

* 2020년 1월 20일 아침에.

共寓卽事
공 우 즉 사

世路推移桀犬餘
세 로 추 이 걸 견 여
主人曾愛共寓居
주 인 증 애 공 우 거
孤翁枕上尨頭下
고 옹 침 상 방 두 하
棲在如何莫問余
서 재 여 하 막 문 여

아파트에서 사는 일

세상이 변해 걸왕의 개들이 넘쳐나는데
거기에 주인의 사랑이 더해져 아파트에서 살고 있네.
늙은이의 베개가 삽살개 머리 밑에 있으니
사는 것이 어떠냐고 나에게 묻지 마소.

* 桀(걸): 걸왕(桀王). 중국 고대 하왕조(夏王朝)의 마지막 왕이었으며, 포악하고 부도덕한 임금의 표상으로 사나운 개들을 길렀음. “폭군 걸왕의 개가 성왕(聖王)인 요임금(堯王)을 보고 짖는다”는 뜻의 고사성어 “桀犬吠堯(걸견폐요)”가 있음.
* 共寓(공우): 아파트.

昔日所懷
석 일 소 회

秋宵蟋蟀動橫梁
추 소 실 솔 동 횡 량
杜宇同心日夜望
두 우 동 심 일 야 망
滿載悲懷無底舫
만 재 비 회 무 저 방
與君所欲渡茫洋
여 군 소 욕 도 망 양

옛날에

가을밤 귀뚜라미가 대들보 울리면
두견새도 같은 마음에 밤낮으로 원망하네.
밑바닥 없는 배에 슬픈 시름 싣고
그대와 함께 망망대해를 건너고 싶어 했네.

下元所懷
하 원 소 회

乾坤倒錯苦時流
건 곤 도 착 고 시 류
電映高歌晝夜遊
전 영 고 가 주 야 무
草野衡門遲滿月
초 야 형 문 지 만 월
無常雲水泛虛舟
무 상 운 수 범 허 주

하원갑자의 느낌

하늘(남자)과 땅(여자)의 신분이 뒤집힌 이 세상의 고통에도
TV는 높은 소리로 노래하며 밤낮으로 놀기만 하고,
초야에 숨은 선비의 집에는 만월도 더딘데
덧없는 수행의 바다에 빈 배만 떠 있네.

木偶之歌
목 우 지 가

騷人澹月卷中留
소 인 담 월 권 중 류
高士淸風筆底收
고 사 청 풍 필 저 수
衆鳥止飛曾象外
중 조 지 비 증 상 외
蟾江不語自卑流
섬 강 불 어 자 비 류

허수아비의 노래

시인의 달은 책 속에 머물고
선비는 맑은 바람 붓끝으로 거둬들이네.
뭇 새들이 나는 것을 멈추면 이미 속세 밖인데
그래도 섬진강 강물은 말없이 스스로 몸을 낮추고 아래로 흘러가네.

秋夜卽事
추 야 즉 사

高山流水伯牙琴
고 산 유 수 백 아 금
幽鳥和談子羨音
유 조 화 담 자 선 음
樂府園林秋月到
악 부 원 림 추 월 도
滿空蕭蟋聽淸吟
만 공 소 슬 실 청 음

가을밤에

흐르는 물소리 백아의 거문고이고
그윽한 새소리 종자기가 선망했다네.
악부의 정원에 가을 달빛 쏟아지면
하늘 가득 울리는 귀뚜라미의 맑은 노래 듣네.

木偶之歌
목 우 지 가

駒隙光陰夢不通
구 극 광 음 몽 불 통
乾坤造化契環中
건 곤 조 화 계 환 중
一聲響徹雲山外
일 성 향 철 운 산 외
萬象回歸世路空
만 상 회 귀 세 로 공

허수아비의 노래

덧없이 흘러간 세월이 꿈에도 통하지 않는
하늘과 땅의 오묘한 이치로 삶과 죽음이 한 고리에 묶여 있네.
한 소리 울려 구름 밖으로 뻗어 가니
만물이 본래의 모습으로 되돌아가고 세상은 텅 비어 있네.

* 駒隙(구극): 백구과극(白駒過隙)의 줄임말.

國樂院卽事

국 악 원 즉 사

孫兒飢渴一家鳴
손 아 기 갈 일 가 명
故土農謠萬屐輕
고 토 농 요 만 극 경
名鼓能牽人血淚
명 고 능 견 인 혈 루
唱戲含吐世間聲
창 희 함 토 세 간 성

국악원에서

배고픈 손자의 갈증은 한 집안을 울게 하고
고향 땅의 농요는 수많은 나막신을 가볍게 하더니,
이름난 고수는 명창의 피눈물을 뽑아내고
소리꾼은 세상의 소리를 머금고 토해낸다.

木偶之歌
목 우 지 가

窮生掩諱自誇時
궁 생 엄 휘 자 과 시
貴命遮當處若卑
귀 명 차 당 처 약 비
權府那容邪計濫
권 부 나 용 사 계 람
道林不許俗人窺
도 림 불 허 속 인 규

허수아비의 노래

궁핍한 사람이 숨어서 자기를 과시하고 있을 때
귀한 사람은 신분을 가난하게 숨긴다.
권력을 허용하면 권모술수가 넘치고
속인은 언제나 수행자의 담장까지도 넘본다.

木偶之歌
목 우 지 가

晩窓搖筆劃難工
만 창 요 필 획 난 공
書罷沈思黙語翁
서 파 침 사 묵 어 옹
求道虛心無造本
구 도 허 심 무 조 본
創新留意自然通
창 신 서 법 자 연 통

허수아비의 노래

온종일 붓을 움직여도 획을 이루기 어려워
글쓰기를 그만두고 깊은 생각에 잠겨 말이 없는 늙은이.
도를 구하는 마음 비어 있고 조본(造本)도 없으니
창신(創新)의 의미는 자연과 같음에 머무느니.

樂事
낙 사

忘暑林間讀逸書
망 서 임 간 독 일 서
空門煙月帶淸虛
공 문 연 월 대 청 허
象人捃屐求無碍
상 인 군 극 구 무 애
放士抛名得有餘
방 사 포 명 득 유 여

즐거운 일

더위 잊은 숲속에서 세상이 버린 책을 읽는데
열린 문 앞의 연월은 맑고 깨끗함을 둘렀네.
장승도 나막신을 얻어 걸림 없는 자유(自由)를 탐하고
이미 자유롭게 사는 선비는 명리를 버리고 비로소 마음의 여유를 얻었네.

* 象人(상인): 목우인(木偶人).
* 放士(방사): 산야에 숨어 속세(俗世)의 구속(拘束)을 받지 아니하고 자기(自己) 뜻대로 살아가는 사람.

無題
무 제

暗底花香出草廬
암 저 화 향 출 초 려
明簷月影入庭除
명 첨 월 영 입 정 제
窮人到處名誇示
궁 인 도 처 명 과 시
高士雲間自逸居
고 사 운 간 자 일 거

무제

어두운 밑바닥에 핀 꽃향기 초가 밖으로 새 나오고
처마에 걸친 달그림자는 뜨락으로 숨어드네.
가진 것 없는 소인배는 가는 곳마다 자기 이름을 과시하지만
다 가진 선비는 스스로 초야(草野)의 구름 속에서 한가하게 산다네.

偶吟
우 음

罷意空懷隱逸身
파 의 공 회 은 일 신
無爲絶學不求眞
무 위 절 학 불 구 진
寂然放步欣虛得
적 연 방 보 흔 허 득
何有從心患積塵
하 유 종 심 환 적 진

우연히

망상, 그 자체에 대한 생각도 없이 몸을 숨기고
할 일도, 배울 것도 없어 진리도 구하지 않네.
고요하게 내딛는 걸음에 공(空)을 얻어 기쁘니
마음에 따를 뿐 어찌 먼지 쌓이는 것을 걱정하리요.

木偶之歌
목 우 지 가

衆人名利腹中藏
중 인 명 리 복 중 장
高士紅花不羨望
고 사 홍 화 불 선 망
今夜衡門霜月燭
금 야 형 문 상 월 촉
文行一竝但眞香
문 행 일 병 단 진 향

장승의 노래

사람들은 명리를 가슴에 숨기지만
선비는 벼슬을 선망하지 않는다네.
오늘 밤의 형문에 상월을 촛불로 밝히니
글과 행동이 일치하는 것이 오직 참향기이다.

偶吟
우 음

東窓疑是旦明輝
동 창 의 시 단 명 휘
夜半空門月餠巍
야 반 공 문 월 병 외
木虎從風磬子動
목 호 종 풍 반 자 동
石獅一吼老僧歸
석 사 일 후 노 승 귀

우연히

동창에 아침이 밝았나 했더니
한밤중 절집에 달떡 떠 있는데,
나무 호랑이 몰고 온 바람에 풍경소리 들리고
돌사자의 울부짖음에 늙은 스님 돌아오네.

偶吟
우 음

尙文古宅墨雲鮮
상 문 고 택 묵 운 선
逐物今人望蜀前
축 물 금 인 망 촉 전
不出山林曾逸士
불 출 산 림 증 일 사
誰能教化繼先賢
수 능 교 화 계 선 현

우연히 읊다

인문을 숭상한 고택에 먹물 선연한데
물질을 좇는 요즘 사람들은 촉나라를 먼저 바라보네.
산림에 숨어 나오지 않는 선비는 날로 더해지는데
누가 이 사람들을 교화하여 선현을 잇게 할 수 있을까?

* 逐物(축물): 배금(拜金).
* 望蜀(망촉): 득롱망촉(得隴望蜀).
  농(隴)나라를 얻고 나니 촉(蜀)나라를 갖고 싶다는 뜻으로, 인간(人間) 욕심(慾心)의 한없음을 비유하는 말.

山中偶吟
산 중 우 음

無有原象已自然
무 유 원 상 이 자 연
不同異色好因緣
부 동 이 색 호 인 연
千方差別非便地
천 방 차 별 비 편 지
萬物調和喜樂天
만 물 조 화 희 락 천

산중에서

있고 없는 본디의 모습이 이미 자연이니
서로 같지 않고 다른 색이라도 좋은 인연인데,
천 가지 차별에 땅은 불편해도
만물의 조화에 하늘은 기쁘고 즐겁다네.

百中有感
백 중 유 감

八影浮游汝自灣 沙利驚騷搖蕩亂
팔 영 부 유 여 자 만 사 리 경 소 요 탕 란
白鷗與伴舫舟還 湖邊石佛洗容顏
백 구 여 반 방 주 환 호 변 석 불 세 용 안
百中潮水橫連漲 不見故舊曾孤寂
백 중 조 수 횡 연 창 불 견 고 구 증 고 적
波上鱗光一瞬間 返照星河滿目斑
파 상 인 광 일 순 간 반 조 성 하 만 목 반

백중에

팔영산이 바다에 떠 있는 여자만
흰 갈매기와 함께 고깃배 돌아오네.
백중사리 가로로 밀려오면
파도 위에 시거리 번지는 순간
조약돌 놀라는 소리에
물가의 돌부처도 얼굴을 씻네.
이제는 볼 수 없는 옛 사람 생각에 외롭고 쓸쓸함만 더하고
물에 비친 은하수만 사람들의 눈가에 아롱지네.

* 鱗光(인광): 달빛에 반사되어 반짝이는 물고기 비늘 모양의 물결. 전라도 지방에서는 상서로운 징조를 의미하는 '시거리'라고 함.

* 沙利(사리): 사리(砂利), 파도에 씻겨 반질반질한 조약돌.

幼年書懷
유 년 서 회

昔日尋搜履
석 일 심 수 이
流川跣涉矼
류 천 선 섭 강
水花遊賞盡
수 화 유 상 진
初月掛燈釭
초 월 괘 등 강

屐子遺忘裏
극 자 유 망 리
盤回臥枕江
반 회 와 침 강
歲華胡蝶夢
세 화 호 접 몽
電映睡書窓
전 영 수 서 창

어린 시절을 뒤돌아보며

옛날에 신발 찾아
실개천의 징검다리 맨발로 건너고,
물속에 핀 꽃구경 다하면
희미한 초승달 등잔으로 걸렸었지.
나막신은 망각 속에 잊혀지고
구불구불한 길 돌아 강물 베고 누웠었지.
덧없이 흐르는 세월에
TV도 창가에서 졸고 있네.

木偶之歌
목 우 지 가

眼下搖明筆到疑
안 하 요 명 필 도 의
忽然所作不能爲
홀 연 소 작 불 능 위
而今肖瞽毫如椽
이 금 초 고 호 여 연
終此應從寫字遺
종 차 응 종 사 자 유

허수아비의 노래

눈 애래 초점이 흔들려 붓이 종이에 닿았는지 의심스러워
뜻하지 않게 작품을 할 수가 없었다오.
지금의 눈은 맹인을 닮았고 붓은 서까래만큼이나 커졌으니
이로부터 응하여 따르니 이제 글씨 쓰는 일을 버렸다네.

* 毫如椽(호여연): 붓이 서까래만큼 크다는 뜻으로 연대지필(椽大之筆)을 뜻함.

少事種蕉臨甲骨
소 사 종 초 임 갑 골
老年會意近禪詩
연 로 회 의 근 선 시
林泉遣興連家望
임 천 견 흥 연 가 망
自逸無求絶學宜
자 일 무 구 절 학 의

어렸을 때에는 파초를 심고 갑골(甲骨)을 임서했으며
늘그막에는 마음에 맞아 선시(禪詩)를 가까이 한다오.
임천(林泉)에 흥취를 풀어놓고 끝없이 이어진 세속을
바라보면서
스스로 은거하여 구하는 바 없으니 학문도 끊어야
마땅하겠지요.

* 種蕉(종초): 당(唐)의 승려(僧侶)인 회소(懷素)가 파초를 심어 그 잎에 글씨를 연습했다는 고사를 인용하여 종초학서(種蕉學書)라 했음.

洗筆
세 필

得意如無法
득 의 여 무 법
毫端寸不煩
호 단 촌 불 번
胸中含萬象
흉 중 함 만 상
手底吐乾坤
수 저 토 건 곤

붓을 씻으면서

뜻을 이루어 무법과 같으니
붓끝에 번뇌가 없네.
가슴에 만상을 품었고
손 아래 하늘과 땅의 이치를 풀어내네.

自適
자 적

生路消忘道
생 로 소 망 도
無求自在身
무 구 자 재 신
卜居淸靜處
복 거 청 정 처
掩卷不尋眞
엄 권 부 심 진

나만의 삶

생계에 나아갈 바를 잃었지만
구하려는 욕심 없어 몸이 자유롭고
맑고 조용한 곳에 삶의 터전을 정하니
책을 덮고, 진리도 찾지 않는다네.

索居
색 거

何處藏身莫問余
하 처 장 신 막 문 여
盡宵摘句白雲鋤
진 소 적 구 백 운 서
綵華時俗無餘事
채 화 시 속 무 여 사
水紫山間自索居
수 자 산 간 자 색 거

숨어 살다

어느 곳에 몸을 숨겼냐고 나에게 묻지 마소,
밤새 시구 찾아 흰 구름 없앴다오.
조화(造花)의 세속에 남은 일 없어
물 맑은 산간에 스스로 숨어 산다오.

欲燒破紙中聽一字之辯
욕 소 파 지 중 청 일 자 지 변

虛飢垂老入廚炊
빈 붕 묵 객 입 주 취
躍起驪魚出硯池
벽 상 려 어 출 연 지
所欲營生含意氣
소 욕 영 생 함 의 기
骨鱗搖動吐心詞
골 린 요 동 토 심 사

파지를 불태우려 하는데 그중 한 글자의 변명을 듣다

배고픔을 느낀 칠십 노인네가 부엌에 들어가 불을 피우는데
검은 물고기 연지에서 나와 뛰어다니네.
살고 싶은 의지와 기상을 머금고
비늘 움직여 마음에 품고 있던 말 풀어내네.

無題
무 제

吉祥如意潤生涯
길 상 여 의 윤 생 애
知足安分運不衰
지 족 안 분 운 불 쇠
長樂無窮新句得
장 락 무 궁 신 구 득
延年益壽老松姿
연 년 익 수 노 송 자

무제

길하고 상서로움이 뜻대로 이루어지면 생애가 윤택하지만
자기의 분수를 알면 운명이 쇠잔해지지 않는다.
오랜 즐거움(風流)은 새로운 시구(詩句)를 얻는 것이고
나이를 더해 오래 사는 것은 노송(老松)의 모습이다.

寓居
우 거

家在昇平駕谷村
가 재 승 평 가 곡 촌
身中手指硯池存
신 중 수 지 연 지 존
毫端晝夜遊天地
호 단 주 야 유 천 지
墨路終生灼藝魂
묵 로 종 생 작 예 혼

잠시 머무는 집에서

집은 승평의 가곡촌에 있지만
신체의 손은 벼루에 머물러 있다.
붓끝은 밤낮없이 천지를 유람하고
먹 길 인생 끝날 때까지 예술혼 불태우리.

寄羅翁
기 라 옹

身外無心月
신 외 무 심 월
塵中有應眞
진 중 유 응 진
白雲呑木石
백 운 탄 목 석
痴子吐能仁
치 자 토 능 인

라옹에게

몸 밖에 달 같은 마음 없고
먼지 가운데 부처 있네.
흰 구름 목석을 삼키는데
벙어리는 부처를 토해내네.

從時俗人和石屋淸珙辭世頌韻授羅翁
종 시 속 인 화 석 옥 청 공 사 세 송 운 수 라 옹

至貴殘餘石屋風
지 귀 잔 여 석 옥 풍
當年賒買震檀童
당 년 사 매 진 단 동
刹竿法債沈香動
찰 간 법 채 침 향 동
從此空案不困窮
종 차 공 안 불 곤 궁

시류를 따르는 속인이 석옥청공 사세송운에 화답하여 짓고 이를 라옹에게 드리다

지극히 귀한 석옥의 나머지 청풍을
그 당시 동방의 동자승이 외상으로 샀는데
찰간에 걸린 법채에 침향이 번져
이로부터 빈 공안 가난하지 않았다네.

* 石屋淸珙(석옥청공): 임제(臨濟)의 18세(世) 법손(法孫)으로, 고려의 백운경한(白雲景閑, 1299~1375) 스님에게 석옥(石屋)의 법이 전해졌고, 이어서 보우(普愚) 스님이 충목왕 2년(1346)에 중국에 들어가 호주(湖洲) 하무산(霞霧山) 천호암(天湖庵)에 살던 석옥(石屋)을 찾아뵈었을 때, 법기(法器)를 인정하여 가사(袈裟)와 침향(沈香)을 전해 받아 고려 임제종(臨濟宗)의 적통(嫡統)을 이었다.
* 震檀(진단): 동방의 단군이 세운 나라라는 뜻으로, 우리나라의 별칭. '진단(震壇)'이라고도 표기한다. 진(震)은 『주역(周易)』 설괘(說卦)에 나오는바,

이를 동방(東方)이라고 해석하고 있으며 진방(震方)은 동방을 뜻한다. 인도에서 중국을 진단이라 별칭하기도 하였으나, 중국이나 우리나라에서는 우리나라의 별칭으로 쓰였다. 또한 발해는 국호를 '진국(震國)'·'진단(震旦)'이라 하였으며, 고려시대에 '진단(震旦)' 또는 '진역(震域)'이라는 용어가 쓰였다.

* 刹竿(찰간): 대덕(大德)의 큰 승려(僧侶)가 주석하고 있음을 시방(十方) 사람들에게 널리 알리기 위하여 큰 절 앞에 세운 찰간주(刹竿柱).
* 法債(법채): 중생에게 갚아야 할 법거량.

2

漁舟唱晚 어주창만

寫景(사경), 詠物(영물)

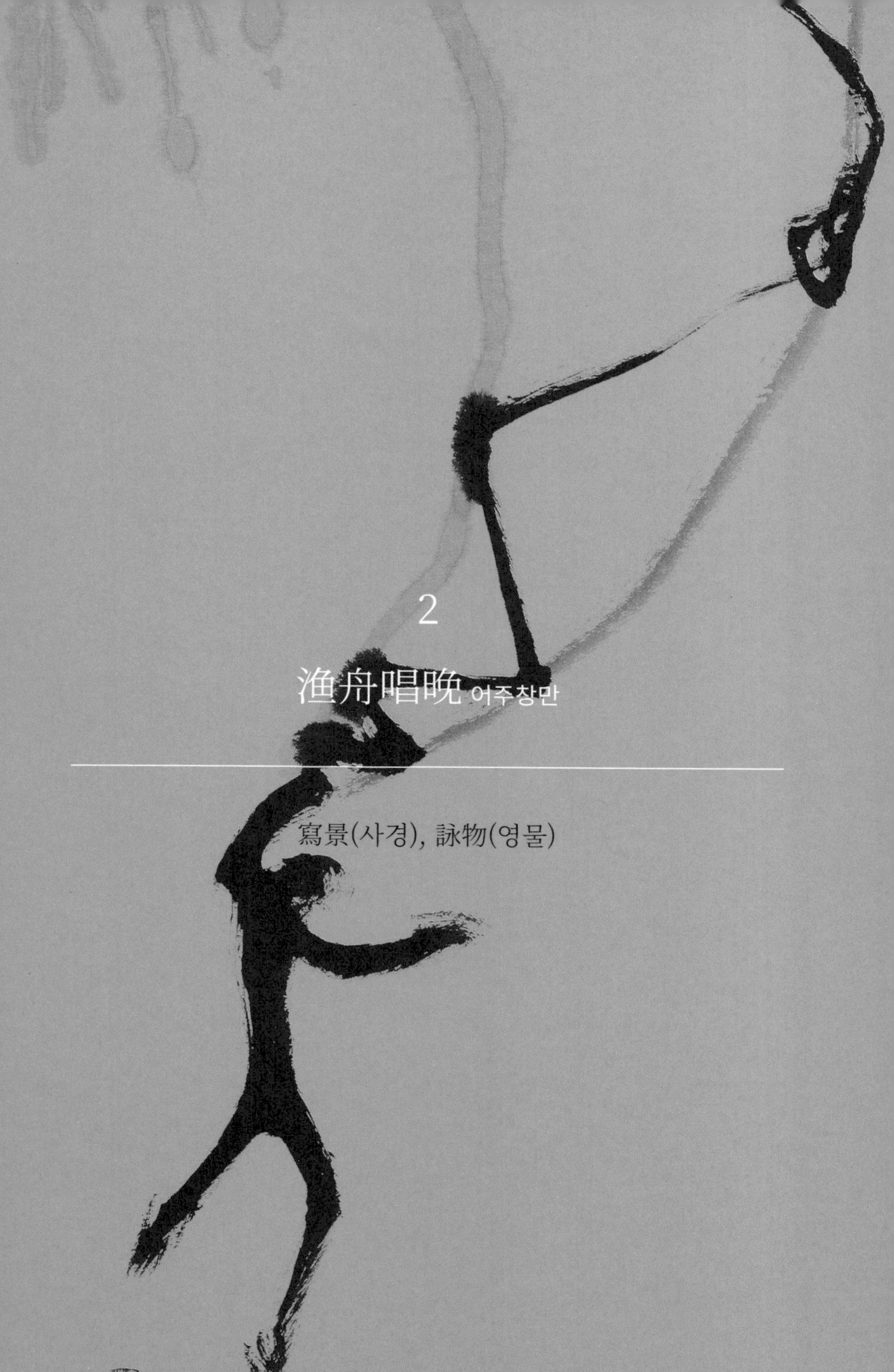

菊花
국 화

晩節過山谷
만 절 과 산 곡
黃花入眼新
황 화 입 안 신
荒林殘蜜語
황 림 잔 밀 어
獨秀不汚塵
독 수 불 오 진

국화

늦가을에 산골짜기 지나가는데
국화꽃 새로이 눈에 들어오네.
황폐한 숲에 밀어로 남아
홀로 빼어나 세상에 오염되지 않았네.

再登姑蘇臺
재 등 고 소 대

昔日蘇臺步
석 일 소 대 보
風帆滿鏡湖
풍 범 만 경 호
換時紛汽笛
환 시 분 기 적
何處舊草壚
하 처 구 초 로

다시 고소대에 올라

옛날 고소대에 오르면
범선이 경도 앞바다를 가득 매웠지만,
시대가 변해 지금은 뱃고동 소리 어지러운데
초가주막이 있었던 곳은 어디쯤일까?

蘇湖過次
소 호 과 차

皓月蘇湖照
호 월 소 호 조
漁舟不繫橫
어 주 불 계 횡
夜深寥落處
야 심 요 락 처
時有雁飛聲
시 유 안 비 성

소호를 지나가면서

휘영청 밝은 달 소호를 비추는데
고기잡이 배 밧줄 풀려 제멋대로 떠 있네.
밤이 깊어 별도 지고 쓸쓸한 이곳에
때때로 기러기 날아가는 소리 들리네.

* 蘇湖(소호): 여수시 소호동 앞바다.

望汝自湖
망 여 자 호

泛舟流離泊
범 주 유 리 박
閑逸白鷗盟
한 일 백 구 맹
騷客貪烟月
소 객 탐 연 월
漁翁不釣名
어 옹 부 조 명

여자만을 바라보면서

배 띄워 정처 없이 떠돌면서
한가하게 흰 갈매기와 벗하네.
선비가 안개와 달을 탐해도
어부는 낚시로 이름을 낚지는 않는다네.

宿夕梧桐島
숙 석 오 동 도

鏡湖秋月夜
경 호 추 월 야
山寺曉鐘鳴
산 사 효 종 명
波上船燈浸
파 상 선 등 침
煙霞竹島生
연 하 죽 도 생

오동도에 잠시 머물면서

경도 앞바다에 가을 달이 뜨면
산사의 새벽 종소리 울리고,
파도 위에 선등(船燈)이 번져
안개 피어오르는 오동도.

* 竹島(죽도): 오동도.

三麗所懷
삼 려 소 회

白鷗交與舫
백 구 교 여 방
奇峭水明澄
기 초 수 명 징
世外連三麗
세 외 연 삼 려
湖南第一勝
호 남 제 일 승

삼려소회

갈매기는 고깃배와 더불어 어울리고
기이한 절벽 아래 물빛이 맑아,
세상 밖에 삼려가 연해 있으니
호남제일 경승이라.

* 三麗(삼려): 지금의 여수시는 본래 여수시(麗水市), 여천군(麗川郡), 여천시(麗川市)가 합쳐진 통합시임.

吟菊花
음 국 화

傲霜君子語
오 상 군 자 어
山菊古人稱
산 국 고 인 칭
殘色荒秋發
잔 색 황 추 발
姿容霽色澄
자 용 제 색 징

국화를 읊다

서리를 능멸하는 것을 군자라 말하는데
그래서 산중의 국화를 고인(君子)이라 부르네.
남겨진 색으로 황폐해진 가을에 꽃을 피우니
그 모습이 비 갠 뒤의 빛깔처럼 맑아라.

汝自灣一隅
여 자 만 일 우

水域頻煙霧
수 역 빈 연 무
山頭乍見稀
산 두 사 견 희
居然來澹月
거 연 래 담 월
舫路帶光輝
방 로 대 광 휘

여자만 앞에서

물가의 안개 자주 피어올라
산꼭대기 보였다 안 보였다.
슬그머니 으스름 달 돌아와
뱃길 비추네.

故鄕
고 향

還鄕非故地
환 향 비 고 지
舊址草蕪生
구 지 초 무 생
帶白霜天月
대 백 상 천 월
滄茫海路明
창 망 해 로 명

고향에서

고향에 돌아와도 이미 옛 땅이 아니고
내가 살던 옛 집터 잡초만 무성하네.
하얀 서리 내린 달빛
창망한 바닷길 밝히네.

菊花
국 화

山中秋影晩
산 중 추 일 색
幽絶不時來
유 절 하 시 래
霜葉風搖落
상 엽 풍 요 락
黃花獨自開
황 화 독 자 개

국화

산중에 가을이 저물었는데
그윽한 아름다움 뜻하지 않게 찾아왔네.
단풍잎 바람에 떨어지는데
국화 홀로 꽃을 피웠네.

歸船
귀 선

泊頭望汝自
포 박 망 여 자
汐水海鷗飛
석 수 해 구 비
隔岸西風到
격 안 서 풍 도
漁翁步月歸
명 월 대 월 귀

뱃머리에서 돌아오는 배를 보고

작은 항구에서 여자만 바라보니
썰물에 갈매기 날아가네.
방파제에 하늬바람 이르니
어옹은 달을 밟고 돌아오네.

* 汝自(여자): 여자만(汝自灣).

早梅
조 매

雪裏春風起
설 리 춘 풍 기
寒江水路開
한 강 수 로 개
北窓明月下
북 창 명 월 하
我對暗香來
아 대 암 향 래

매화를 보고

눈 속에 봄바람 일면
찬 강에 물길 열리고,
북쪽 창가의 명월 아래에서
나를 향해 매화 향기 다가오네.

詠梅
영 매

內庭明月到
내 정 명 월 도
江路淸風來
강 로 청 풍 래
瘦影推窓戶
수 영 추 창 호
凌寒獨自開
능 한 독 자 개

매화를 읊다

집 안 뜰에 명월이 이르면
강 길 따라 맑은 바람 불어오네.
야윈 그림자 창호를 열고 들어와
추위 이기고 홀로 피었구나.

梅花

매 화

月照留江上
월 조 류 강 상

春風渡石杠
춘 풍 도 석 강

暗香浮水面
암 향 부 수 면

高士臥烟窓
고 사 와 연 창

매화

달빛이 강 위에 머물면

봄바람은 돌다리 건너고

암향은 수면에 떠도는데

고사(매화)는 안개 낀 창가에 누워 있네.

梅花
매 화

煙霧含春色
연 무 함 춘 색
天光照玉堂
천 광 조 옥 당
夜窓明月下
야 창 명 월 하
我向步淸香
아 향 보 청 향

매화

물안개 봄을 머금고
맑게 갠 하늘빛이 집안에 비치면,
북쪽 창 밝은 달 아래서
맑은 향기가 나를 향해 걸어오네.

早梅
조 매

雪骨凝氷凜
설 골 응 빙 름
梅莖欲不開
매 경 욕 불 개
誰能拘拂去
수 능 구 불 거
窓外已春來
창 외 이 춘 래

일찍 핀 매화

눈 속의 매화에 얼음 서려
가지는 꽃을 피우고 싶지 않아도
누가 가는 세월을 붙잡을 수 있겠는가?
창밖에 봄은 이미 와 있는 것을.

杜宇
두 우

杜鵑啼咽血
두 견 제 연 혈
花染萬山紅
화 염 만 산 홍
怨別消融處
원 별 소 융 처
今朝掛斷虹
금 조 괘 단 홍

두견화를 보고

두견새 토하던 피를 되삼키고 울어
그 피가 꽃에 물들어 온 산이 붉고,
헤어짐의 원한 풀어낸 곳에
오늘 아침에 이승과 저승을 가로지른 무지개 걸려 있네.

* 연혈(咽血): 목이 메어 목구멍으로 넘어오는 피를 도로 삼킴.

詠春
영 춘

雨後和風到
우 후 화 풍 도
門前日月新
문 전 일 월 신
水流千里去
수 류 천 리 거
花發萬家春
화 발 만 가 춘

봄을 노래하다

비 온 뒤 화창한 바람 불면
문 앞이 날로 새롭네.
물 흐르는 천리 길
꽃피는 집마다 봄이 왔네.

蘭
난

金風寒露下
금 풍 한 로 하
高韻異幽芳
고 운 이 유 방
任是無人境
임 시 무 인 경
瓊姿也自香
경 자 야 자 향

난초

가을바람 찬 이슬 아래
고상한 운치의 진귀하고 아련한 꽃.
문득 사람이 없는 곳에서도
옥 같은 자태의 난초는 절로 향기로워.

麗水
여 수

昔在廬湖滿帆旂
석 재 려 호 만 범 기
只今鏡島勺球飛
지 금 경 도 작 구 비
縱橫汽笛參差起
종 횡 기 적 참 치 기
鐘浦漁歌聽客稀
종 포 어 가 청 객 희

여수

옛날의 여호(廬湖)에는 범선(帆船)들의 깃발로 가득했었는데
지금의 경도는 골프공만 날아다니네.
종횡으로 얽힌 뱃고동 소리 어지럽기만 한데
쫑포 뱃노래(가래소리)는 들은 사람 드물다네.

* 廬湖(여호): 여수 돌산의 옛 이름이 여산(廬山)이고, 그 주변의 바다를 여호(廬湖)라 불렀음.
* 勺球(작구): 골프공.
* 參差(참치): 길고 짧고 들쭉날쭉함.

向日庵
향 일 암

碧海金鰲出岸嵐
벽 해 금 오 출 안 람
道生鳥獸入伽藍
도 생 조 수 입 가 람
滿庭禪月忘機處
만 정 선 월 망 기 처
唯有蒼崖向日庵
유 유 창 애 향 일 암

향일암에서

푸른 바닷가 금오산 기슭에 아지랑이 드리우면
세상의 뭇 중생 가람으로 들어가네.
선월(禪月)이 뜰에 가득하면 속세 잊는 곳
오직 푸른 절벽 위의 향일암이라.

* 向日庵(향일암): 여수시 돌산읍에 있는 절.

八影山卽事
팔 영 산 즉 사

林間自隱照煙光
임 간 자 은 조 연 광
揮作無名見老莊
휘 작 무 명 견 노 장
居然出去望八影
거 연 출 거 망 팔 영
晩霞乙路到興陽
만 하 을 로 도 흥 양

팔영산에서

숲 사이에 스스로 숨었는데 안개에 반사된 빛이 비쳐
글씨에 이름 없어도 노자와 장자가 보이네.
슬그머니 일어나 팔영산 바라보다가
저녁노을과 함께 돌고 돌아 고흥에 도착했네.

宿坎道
숙 감 도

人金山頂擧三頭
인 금 산 정 거 삼 두
滿月煙波泊一舟
만 월 연 파 박 일 주
跏坐老僧望水面
가 좌 노 승 망 수 면
龍擔水缶海中悠
용 담 수 부 해 중 유

감도서 하룻밤을 보내다

인금리에 세 마리의 용이 머리를 쳐들고
달빛 가득한 파도 위에 배 한 척 떠 있네.
가부좌 틀고 앉은 노스님 물 위를 바라보니
용이 물장군을 짊어지고 바다 가운데 아득하여라.

閑麗水道
한 려 수 도

寂寞寒山彩霞斜
적 막 한 산 채 하 사
閑麗水道舫舟賖
한 려 수 도 방 주 사
竹島春光傳千里
죽 도 춘 광 전 천 리
海上空明共一家
해 상 공 명 공 일 가

한려수도에서

고요한 한산사에 붉은 노을 비껴 있는데
한려수도 물길에 떠 있는 조각배 아득하여라.
동백꽃 봄소식은 만 리 밖에 전해지고
바다 위에 휘영청 밝은 달은 더불어 한집안일세.

蟾江寒梅
섬 강 한 매

曲椽老屋傍蟾江
곡 연 노 옥 방 섬 강
瘦影臨溪臥北窓
수 영 임 계 와 북 창
淸極一花凌吹雪
청 극 일 화 능 취 설
橫侵霜月對梅釭
횡 침 상 월 대 매 강

섬진강의 매화를 보고

굽은 서까래로 지은 고옥(古屋)이 섬진강 끼고 있어
여윈 그림자 시냇물 접한 북쪽 창가에 누웠네.
지극히 맑은 꽃 하나는 눈보라 업신여기고
비껴들어 오는 상월(霜月)에 매화 등잔이 마주하네.

* 吹雪(취설): 눈보라.
* 梅釭(매강): 등잔을 닮은 고목의 매화 등걸에
꽃이 하나 피어 있는 모습을 형용.

山菊
산 국

秋光金露洗容顏
추 광 금 로 세 용 안
搖落今朝見南山
요 락 금 조 견 남 산
晩節幽人凝雪裏
만 절 유 인 응 설 리
寒香獨秀夕陽斑
한 향 독 수 석 양 반

산국화를 보고

가을볕과 금빛 이슬로 씻은 얼굴
낙엽 진 오늘 아침 남쪽 산에 보이네.
늦가을의 국화 엉긴 눈 가운데에 있어
차가운 향기 홀로 빼어남이 석양 햇살에 아롱지네.

＊ 幽人(유인): 원나라 문인 하중(何中, 1265~1332)이 그의 국화시(菊花詩)에 "菊花如幽人 梅花如烈士"라고 했다.

過八影山
과 팔 영 산

八影山陰返照湖
팔 영 산 음 반 조 호
畵中葦棹出葭隅
화 중 위 도 출 가 우
惠風波上浮遊泊
혜 풍 파 상 부 유 박
滿載煙霞更入圖
만 재 연 하 갱 입 도

팔영산을 지나면서

팔영산 그림자 앉은 석양의 호수에
그림 속의 작은 배 갈대밭 모퉁이로 나와
봄바람 부는 파도 위에 떠돌다가
안개만 가득 싣고 다시 그림 속으로 들어가더라.

* 葦棹(위도): 돛이 없는 작은 배.

沙島船遊中望八影山
사 도 선 유 중 망 팔 영 산

群島煙雲水墨斑
군 도 연 운 수 묵 반
海中奇拔八巓山
해 중 기 발 팔 전 산
船遊醉興三杯足
선 유 취 흥 삼 배 족
君子風流二樂間
군 자 풍 류 이 요 간

사도에서 유람선을 타고 팔영산을 바라보다

안개 낀 여러 섬들이 수묵화의 반점으로 번지는
바다 한가운데 팔영산 유달리 빼어나니,
선상 여행의 취흥이 석 잔 술이면 족하고
군자의 풍류는 산과 물에 있다네.

* 八巓山(팔전산): 팔영산의 본래 이름.
* 二樂(이요): 요산요수(樂山樂水).

海棠花
해 당 화

晩節蒼天一望賒
만 절 창 천 일 망 사
楓溪畵境帶流霞
풍 계 화 경 대 류 하
海棠花落秋風起
해 당 화 락 추 풍 기
回首孤燈憶舊家
회 수 고 등 억 구 가

해당화를 보고

늦가을 푸른 하늘 한 번 봐도 아득하고
단풍 든 시냇가 그림 같은 풍광에 안개가 겹치네.
해당화 꽃잎 지니 가을바람 일어나고
고개 돌려 등불 하나 바라보니 고향 생각에 젖네.

杜鵑花
두 견 화

杜魄招魂半夜鳴
두 백 초 혼 반 야 명
孤身血淚斷腸聲
고 신 혈 루 단 장 성
東風起首歸西蜀
동 풍 기 수 귀 서 촉
只在紅花染自橫
지 재 홍 화 염 자 횡

두견화

두백이 밤새 울어 혼을 부르니
외로운 신세의 피눈물 흐르는 단장 소리.
동풍에 머리 들어 서촉으로 돌아가고
붉은 꽃 물들어 가네.

吟霜菊

음 상 국

繁花一片帶淸香
번 화 일 편 대 청 향
搖落猶存五柳堂
요 락 유 존 오 류 당
自是金風幽絶處
자 시 금 풍 유 절 처
孤芳獨秀傲秋霜
고 방 독 수 오 추 상

서리 맞은 국화를 보고

무성한 꽃 한 가지 맑은 향기 두르고
낙엽 진 오류당에 남아 있네.
맑은 가을바람 이는 한적한 곳에
고상하게 피고 홀로 빼어나니 찬 서리를 업신여기네.

* 五柳堂(오류당): 진(晉)나라의 도연명이 문 앞에 다섯 그루의 버드나무를 심고, 스스로 오류 선생이라고 일컬었으며, 사람들이 그의 집을 오류당이라 불렀음.
* 金風(금풍): 가을바람을 달리 이르는 말.

看山中
간 산 중

斗北三辰與地交
두 북 삼 신 여 지 교
江南乙鳥更歸巢
강 남 을 조 갱 귀 소
乾坤合一而生息
건 곤 합 일 이 생 식
萬有神明理凸凹
만 유 신 명 이 철 요

산속에서

북두칠성과 일월성신이 이 세상과 교섭하니
강남의 제비도 집으로 다시 돌아오네.
하늘과 땅의 한 호흡으로 새 생명이 살아 숨 쉬니
대자연의 신령들이 음양을 다스리고 있음이라.

* 與地(여지): 수레같이 만물(萬物)을 싣는 땅이라는 뜻에서 온 말로 온 세상(世上)을 뜻함.

漁村卽事
어 촌 즉 사

北天隔島見雲頭
북 천 격 도 견 운 두
西去飛鷗奔片舟
서 거 비 구 분 편 주
浸月斑紋浮水墨
침 월 반 문 부 수 묵
澹中吹浪眼前流
담 중 취 랑 안 전 류

어촌에서

북쪽의 섬들 너머로 운두가 보이고
서쪽으로 나는 갈매기 보고 쪽배들만 분주하네.
물속의 달이 풀어내는 문양 수묵화로 떠있고
맑은 물 가운데 고기 떼 지어 눈앞에서 흘러가네.

* 吹浪(취랑): 물고기가 물 위에 떠서 숨을 쉬느라고 입을 벌렸다 오므렸다 함.

過蟾江
과 섬 강

漁翁罷釣望斜曛
어 옹 파 조 망 사 훈
浮上幼魚水吹紛
부 상 유 어 수 취 분
白鷺忽然擬鶴舞
백 로 홀 연 의 학 무
那何遁走復成群
나 하 둔 주 부 성 군

섬진강을 지나가면서

어부가 땅거미 보고 낚시 거두니,
어린 물고기 떼 지어 물 위로 솟아 가쁜 숨을 몰아쉬네.
백로가 홀연히 나타나 학춤을 흉내 내니
어찌하랴! 도망치던 물고기들이 다시 떼를 이루네.

梅花
매 화

水邊疏影照臨看
수 변 소 영 조 임 간
雪裏凝香獨自寒
설 리 응 향 독 자 한
霜月明空淸絶處
상 월 명 공 청 절 처
老枝橫出付毫端
노 지 횡 출 부 호 단

매화

물가에 성긴 그림자 비치는 곳에 보이고
눈 속에서 향기 머금어 홀로 차갑네.
서릿발 위에 하늘 밝혀 맑기 그지없는 곳
늙은 가지 횡으로 뻗어 붓끝을 따르네.

夢遊沙島
몽 유 사 도

夢中尋訪泊沙湫
몽 중 심 방 박 사 추
群島環湖散海流
군 도 환 호 산 해 류
風月鳴金潮水底
풍 월 명 금 조 수 저
銀河滿載石舟浮
은 하 만 재 석 주 부

꿈속의 사도

꿈속에서 찾아간 사도와 추도가 서로 묶여 있었고
섬들이 에워싼 호수에 바닷물 흩어지네.
풍월이 울어 썰물이 바닥을 드러나면
별들을 가득 실은 돌배가 뜨고 있었다.

過花開場路
과 화 개 장 로

起來內子促迎春
기 래 내 자 촉 영 춘
不見花開有旅人
불 견 화 개 유 여 인
尙早期望嘗珈啡
상 조 기 망 상 가 비
姥裙搖蕩點風頻
모 군 요 탕 점 풍 빈

화개장터에서

일어나자마자 아내가 졸라 봄맞이 간
화개장터에 꽃은 보이지 않고 상춘객만.
때 이른 꽃 소식 기다리며 커피를 맛보는데
늙은 아내의 치맛자락에 살랑살랑 봄바람 이네.

菊花
국 화

三秋古屋落黃斑
삼 추 고 옥 낙 황 반
一朶寒香入隙間
일 잉 한 향 입 극 간
若此荒庭逢壽客
약 차 황 정 봉 수 객
幽姿獨秀道人顏
유 자 독 수 도 인 안

국화

가을날의 고가(古家)에 노란 무늬 내려앉고
한줄기 차가운 향기 문틈으로 들어오네.
이처럼 황폐한 뜨락에서 국화(壽客)를 만나니
그윽한 자태 홀로 빼어나 도인의 모습이네.

* 중국 송나라의 장경수(張景修)가 쓴 「명화십이객(名花十二客)」에 열두 가지의 꽃을 귀한 손님에 비유하여 이름을 붙였는데. 국화는 수객(壽客), 모란은 귀객(貴客), 매화는 청객(淸客), 서향(瑞香)은 가객(佳客), 정향(丁香)은 소객(素客), 난(蘭)은 유객(幽客), 연(蓮)은 정객(靜客), 도미(荼蘼)는 아객(雅客), 계수나무는 선객(仙客), 장미는 야객(野客), 말리(茉莉)는 원객(遠客), 작약은 근객(近客)이라 하였다.

過釣月山館
과 조 월 산 관

老僧長廣舌 蹉跎於白髮
노 승 장 광 설 차 타 어 백 발
窓外白雲閑 再認置標壇
창 외 백 운 한 재 인 치 표 단
獨磨求道樂 鐘石丹臺下
독 마 구 도 락 종 석 단 대 하
歡娛得理山 盤針指向端
환 오 득 리 산 반 침 지 향 단

조월산관을 지나면서

늙은 스님의 장광설에도
창밖의 흰 구름은 한가하네.
홀로 도를 구하고
즐거움을 지리산에서 얻네.
어쩌다 보니 백발이 되어
집터로 마음먹은 곳 다시 살펴보니,
종석단대 아래에서
나침반이 서쪽의 안산을 가리키고 있네.

麻姑門外遇 山容開土宇
마 고 문 외 우 산 용 개 토 우
般若未歸還 過見造山管
반 야 미 귀 환 과 견 조 산 관
古佛身光處 水月窓前在
고 불 신 광 처 수 월 창 전 재
回心靜裏觀 垂鉤堰後看
회 심 정 리 관 수 조 언 후 간

마고선자 문밖에서 보았는데
반야는 아직도 돌아오지 않네.
노승이 깨달아 방광하는 곳
마음 돌이켜 조용히 살펴보았네.
산신이 허락하여 땅을 파기 시작했는데
지나다 보니 벌써 집이 지어졌네.
수월은 창 앞에 있고
낚싯대는 방죽 뒤로 보이네.

何時援引動
하 시 원 인 동
凝視竹頭竿
의 시 죽 두 간
暗聽鐘聲遠
암 청 종 성 원
紅霞水上殘
홍 하 수 상 잔

언제쯤 낚싯줄 끌어당길까?
한동안 낚싯대 바라보네.
멀리서 종소리 울리고
붉은 노을만 물 위에 떠 있네.

逢燕巢
봉 연 소

隱微窩上凸
은 미 와 상 철
極貴乳中凹
극 귀 유 중 요
大巳橫梁犯
대 사 횡 량 범
天藏地秘巢
천 장 지 비 소

산속에서 제비집을 만나다

우묵한 곳에 미미하게 솟아 있고
돌출(乳突)된 곳에 오목하게 자리 잡았으니 지극히 귀(貴)한 형국이라.
큰 구렁이가 대들보 침범하니
하늘이 감추고 땅이 숨긴 제비집(燕巢)이라네.

* 大巳橫梁犯(대사횡량범): 대체로 제비는 대들보 위에 집(燕巢)을 짓는데, 그 천적이 바로 구렁이다. 뱀이 제비집을 침범하여 새끼들을 잡아먹을 때를 상정(想定)하여 혈(穴)이 생성된다고 하는데, 그래서 연소형의 혈(穴)에는 그 사격(沙格)에 구렁이가 없으면 진혈(眞穴)이 아니라고 여긴다.

旅次星宿海
여 차 성 수 해

高原星宿海
고 원 성 수 해
逮夜瀉銀河
체 야 사 은 하
天祝來人少
천 축 래 인 소
流光感興多
유 광 감 흥 다

서부 티벳 성수해에서

티벳 고원 별들의 바다에
밤이 되면 은하수 쏟아지고,
하늘의 잔치에 오는 사람도 드문데
흐르는 물결 위의 달빛만 감흥을 더하네.

須彌山路
수 미 산 로

荒涼沙路上
황 량 사 로 상
斜日復何之
사 일 부 하 지
一夜無藏寺
일 야 무 장 사
空經訓讀遲
공 경 훈 독 지

티벳 수미산 가는 길

황량한 사막 길에
해가 저물어 다시 어디로 가야 할까?
빈 절에서 하룻밤
글자 없는 경서 읽기가 더디네.

* 2001년 7월 서부 티벳 수미산 다르첸에서
허장공경(墟藏空經)을 노래함.

宿須彌山
숙 수 미 산

須彌山墅更回還
수 미 산 관 갱 회 환
拱手樵童坐禪班
공 수 초 동 좌 선 반
五色風馬長廣舌
오 색 풍 마 장 광 설
三光法界有無間
삼 광 법 계 유 무 간

티벳 수미산에 묵으면서

수미산의 별서(別墅)에 다시 돌아왔는데
동자스님은 두 손을 맞잡은 채로 선반(禪班)에 앉아 있고,
오색 타르초의 장광설에
삼광 법계의 진여(眞如)가 보일 듯 말 듯.

* 風馬(풍마): 타르초(불법이 적힌 깃발).
타르초에 적힌 불법이 바람을 타고 세상 밖으로
전해지기를 바라는 티베트인들의 종교의식.

望河內卽事
망 하 내 즉 사

張目東西對坐時
장 목 동 서 대 좌 시
怯狐耳語遁逃獅
겁 호 이 어 둔 도 사
茫然河內虛行重
망 연 하 내 허 행 중
麾動豪熊鐵馬遲
휘 동 호 웅 철 마 지

베트남 하노이에서 일어난 일

두 눈을 부릅뜨고 동서가 마주했을 때
겁쟁이 여우의 귓속말에 사자(獅子)는 도망치고,
하노이의 망연한 헛걸음에 발길 무거운
곰돌이의 열차 느리기만 하네.

* 河內(하내): 베트남 하노이.

渡蟾江
도 섬 강

隱身寂默帶雲霞
은 신 적 묵 대 운 하
究竟冥然照壁赊
구 경 명 연 조 벽 사
起去抱懷江上月
기 거 포 회 강 상 월
渡來一路見桃花
도 래 일 로 견 도 화

섬진강을 건너다가

적묵에 몸을 숨기니 구름이 둘러치고
궁극의 어두움에 맞은편 벽 아득하여라.
일어서서 강위에 뜬 달 가슴에 품고
물 건너오니 쭉 뻗은 길에 도화 보이네.

星宿海
성 수 해

暫留星宿海
잠 류 성 수 해
斜日沼連乾
사 일 소 연 건
皓月冥沈睡
호 월 명 침 수
群辰落漲川
군 진 락 창 천

성수해에서

잠시 성수해에 머무는데
해가 서산에 걸리면 수많은 늪이 하늘에 이어지네.
흰 달이 어둠 속에 잠들면
별들이 쏟아져 물 위에 넘치네.

* 星宿海(성수해): 중국의 청해성과 티벳고원
사이에 있는 황하의 발원지.

3

憶故人 억고인

題(제), 贈(증), 輓(만)

輓愚妹
만 우 매

命終金旺節
명 종 금 왕 절
哀痛憶浮雲
애 통 억 부 운
祖道無喪客
조 도 무 상 객
烏呼月照墳
오 호 월 조 분

여동생의 죽음을 애도하다

금왕절에 운명하니
애통하다, 삶이 뜬구름이로구나.
먼 길 떠나는데 문상객도 없어
아! 까마귀 울음에 달빛만 봉분을 비추네.

* 祖道(조도): 먼 길을 떠날 때, 도중의 무사함을
빌기 위하여 길신[路神]에게 비는 일.

天衾
천 금

落木煙霞路
낙 목 연 하 로
海棠含淚然
해 당 함 루 연
惜哉終不見
석 재 종 불 견
今日上樓船
금 일 상 루 선

묘를 쓰다

낙엽 진 안개 길목에
해당화 눈물 머금었네.
애달퍼라, 마지막 가는 길 보지도 못했는데
오늘 누선에 오르는구려.

* 樓船(누선): 누선출협형(樓船出峽形)이라고
하는 풍수지리적 명칭.

贈何有
증 하 유

凡毫能鐵劃
범 호 능 철 획
妙得本無門
묘 득 본 무 문
作伴山林月
작 반 산 림 월
須知屋漏痕
수 지 옥 루 흔

하유에게 주다

평범한 붓으로도 철획을 그을 수 있으니
그 이치를 깨닫는데 본래 문이 없다.
자연을 길동무하면서
마땅히 알아야 할 것은 옥루흔이다.

題老松圖
제 노 송 도

缺落蒼崖路
결 락 창 애 로
天風一到時
천 풍 일 도 시
古松談密語
고 송 담 밀 어
明月照幽姿
명 월 조 유 자

노송도에 부쳐

이지러져 떨어진 절벽 길에
천풍이 한 번 다다르면,
고송은 밀어를 속삭이고
명월이 그윽한 자태 비추네.

題艸伯先生展
제 초 백 선 생 전

先生請小引
선 생 청 소 인
和應頌詩吟
화 응 송 시 음
紙上玄雲起
지 상 현 운 기
毫端吐現今
호 단 토 현 금

초백 선생 개인전에 부쳐

선생이 짧은 서문을 청하니
답응하여 칭송하기를,
종이 위에 검은 구름 일고
붓끝은 현대를 토해내네.

* 玄雲(현운): 먹의 이칭(異稱).

寄息鄙
기 식 비

今旦過雷雨
금 단 과 뇌 우
簷牙掛彩虹
첨 아 괘 채 홍
誰知迷息處
수 지 미 식 처
念念日衰翁
염 념 일 쇠 옹

딸년에게

오늘 아침 뇌성과 함께 내린 비 지나가더니
오색 무지개 처마에 걸려 있네.
딸년 사는 곳 누가 아는지
마음에 걸려 애비는 날마다 쇠잔해지네.

* 念念(염념): 항상(恒常) 생각하여 마음속에 있음.

題素玄展
제 소 현 전

素翁扶手種
소 옹 부 수 종
哀惜不蒼旻
애 석 불 창 민
一臥孤貞木
일 와 고 정 목
今朝發武珍
금 조 발 무 진

소현전에 붙여

소옹께서 손수 제자들을 길렀지만
애석하게도 울창한 숲을 이루지 못했네.
한번 숨어 외곬으로 곧게 자란 나무가
오늘 아침 광주에서 그 꽃을 피웠다네.

* 貞木(정목): 사시사철 변하지 않는 나무.

輓醉墨軒先生
만 취 묵 헌 선 생

問兄何麼去
문 형 하 마 거
回首曷時來
회 수 갈 시 래
咽血順天命
연 혈 순 천 명
哀呼激痛哉
애 호 격 통 재

취묵헌 선생의 죽음을 애도하다

형아! 어디 갔어?
언제 돌아와?
피를 삼키면서 천명을 따르자니
아아– 서럽고 또 가슴 아파라!

* 咽血(연혈): 슬픔에 목을 넘어오는 피를 도로 삼키다.
* 2020년 5월 21일, 木人痛哭.

題蘇湖亭
제 소 호 정

湖上煙霞客
호 상 연 하 객
胸中靜境呑
흉 중 정 경 탄
白雲耕不盡
백 운 경 부 진
明月釣無痕
명 월 조 무 흔

소호정에 부쳐

호숫가의 선비
가슴으로 정경을 삼켰다.
구름은 갈아도 다함이 없고
달은 낚아도 흔적이 없음을.

* 煙霞客(연하객): 선비
* 靜境(정경): 정(情)과 경(景), 곧 조용한 감흥(感興)의 경치를 말함.

題墨竹
제 묵 죽

閑窓風定下
한 창 풍 정 하
微聽此君聲
미 청 차 군 성
餘滴揮成畵
여 적 휘 성 화
虛心自在淸
허 심 야 자 청

묵죽에 제(題)하다

한가한 창가에 바람 그치고
어렴풋이 들리는 대나무 소리.
남은 먹물로 그리니
그 빈 마음이 절로 맑아라.

* 此君(차군): 대나무의 이칭(異稱).

題墨梅
제 묵 매

氷魂迎褪朽
빙 혼 영 퇴 후
餘馥息前身
여 복 식 전 신
歸此元香發
귀 차 원 향 발
毫藏鐵骨春
호 장 철 골 춘

묵매에 부쳐

매화가 죽음을 맞이하니
남은 향기 전신에 머물다가,
돌아와 묵향으로 피어나니
붓끝에 철골의 봄을 감추었네.

* 氷魂(빙혼): 매화의 이칭.
* 元香(원향): 먹의 이칭.

弗寒子電送字見贈
불 한 자 전 송 자 견 증

鷄林多墨客
계 림 다 묵 객
識字少書人
식 자 소 서 인
自逸居幽僻
자 일 거 유 벽
存君我不貧
존 군 아 불 빈

불한자의 문자를 보고 답하여

이 땅에 묵객은 많지만
글을 아는 서예가 드물어,
스스로 외진 시골에 살아도
그대 있어 나는 가난하지 않다오.

先慈喪廳前
선 자 상 청 전

西去慈親地府行
서 거 자 친 지 부 행
響應咽血挽歌聲
향 응 열 혈 만 가 성
無紋手指聞遮路
무 문 수 지 문 차 로
有服連枝待返程
유 복 연 지 대 반 정

어머니 상청(喪廳) 앞에서

서쪽 하늘로 가신 어머니의 저승길
앞소리 따라 뒤에서도 피 끓는 상여소리 울렸었네.
지문(指紋) 없으면 저승도 못 간다는 말 들었는데
친족들과 함께 어머니 되돌아오시길 기다리고 있다네.

* 響應(향응): 주창(主唱)에 응(應)하여 다른 사람들이 노래를 따라하고 함께 행동(行動)함.
* 有服(유복): 유복지친(有服之親)의 줄임말. 상장(喪葬)에 상복(喪服)을 함께 입는 가까운 친인척.
* 連枝(연지): 동근연지(同根連枝)의 줄임말. 한 뿌리에 잇닿은 나뭇가지라는 뜻으로, 형제자매를 일컬음.
* 2000년 3월 10일 삼우제일(三虞祭日)에.

輓家室
만 가 실

滄茫大海接連天
창 망 대 해 접 연 천
煙雨黃泉夢相牽
연 우 황 천 몽 상 견
駕鶴飛天魂盤在
가 학 비 천 혼 반 재
拂袖心中卽有焉
불 수 심 중 즉 유 언

내자(內子)의 죽음을 애도하다

창망한 바다는 하늘에 이어지고
안개비 젖은 황천에 이끌리는 꿈을 꾸네.
학을 타고 저승 간 흔적만 혼반(魂盤)에 남아 있는데
옷깃 쓸어낸 이 가슴속에는 아직도 그대 살아 있다오.

輓醉墨軒先生靈前
만 취 묵 헌 선 생 영 전

嗃聲一響訝招魂
효 성 일 향 아 초 혼
臯復三呼醉墨軒
고 복 삼 호 취 묵 헌
化作酒仙登駕鶴
화 작 주 선 등 가 학
落望暗淚抱空樽
낙 망 암 루 포 공 준

취묵헌 선생 영전에

울부짖는 소리 한 번 울려 어느 집 초혼례(招魂禮)인가 했더니
헌 옷 흔들며 가는 길 '돌아오라'고 취묵헌을 세 번이나 부르네.
주선(酒仙)으로 변하여 학을 타고 하늘에 오르니
무너진 소망에 빈 술통 껴안고 소리 없이 눈물 흘리네.

* 2020년 5월 21일, 木人哭.

尋溫祖宇
심 온 조 우

駕鶴西歸幾歲年
가 학 서 귀 기 세 년
墳塋亂壞未安眠
분 영 난 괴 미 안 민
傷心寂寞溫祖宇
상 심 적 막 온 조 우
唯有孤松見故賢
유 유 고 송 견 고 현

온조우를 찾아

학을 타고 저세상으로 간지 몇 해이던가?
무덤이 무너져 편히 잠들지 못하네.
마음 상하여 외롭고 쓸쓸한 '온조우'에
오직 외로운 소나무 있어 고현을 보는 듯.

* 溫祖宇(온조우): 인정상관(仁正上觀, 本主)의 법맥(法脈)을 이은 최영단(崔榮丹, 1926~2004) 선생의 사우(祠宇).
* 2018년 6월 17일.

題墨蘭
제 묵 란

所南遺馥染空山
소 남 유 복 염 공 산
寫得同心出笑顔
사 득 동 심 출 소 안
搖筆成芳宣紙上
요 필 성 방 선 지 상
蘭根隱迹點苔間
노 근 은 적 점 태 간

묵란에 제(題)하다

정소남이 남긴 향기 빈산을 물들여
웃으면서 태어난 동심을 그림으로 얻었네.
붓 움직여 화선지 위에 아름다움 완성하니
난초 뿌리 태 점 사이에 감추었네.

* 所南(소남): 송나라가 원나라에 멸망하자 그 통분을 노근란(露根蘭)으로 표현하였음.

* 同心(동심): 다른 사람들과 마음을 같이한다는 의미로『주역(周易)』「계사편(繫辭篇)」에 "동심지언(同心之言)은 기취여란(其臭如蘭)"이라 했음.

贈號家弟
사 호 가 제

求道玄窓適善身
구 도 현 창 적 선 신
尋常淸逸守安貧
심 상 청 일 수 안 빈
龍擔水缶吾詩句
용 담 수 부 오 시 구
此引題書選缶民
차 인 제 서 선 부 민

동생에게 호를 지어주다

북쪽 창에서 선비의 도리를 구하고 몸을 바르게 하는 것이 마땅하니
맑고 속되지 않은 언행으로 안빈(安貧)을 지켜야 한다.
"용이 물장군을 짊어지다"는 내 시구(詩句)이니
이를 인용하고 붓으로 써서 '부민(缶民)'이라 호(號)한다.

* 玄窓(현창): 선비는 스스로 맑음을 지키고 춥고 가난한 삶을 즐기는 몸가짐의 의미로 북창(北窓)을 내고 살아야 한다는 뜻.

* 水缶(수부): 부(缶)는 본래 토기로 만들어 식음료를 저장하는 물장군[水缶]이었지만, 나중에 나무로 만들기 시작하면서 분뇨통[糞缶], 기름통[油缶], 술통[酒缶] 등으로 쓰임이 변하였으며, 옛날 서당에서는 연적대용(硯滴代用)의 물통으로 쓰기도 하였다.

題素玄招待展
제 소 현 초 대 전

每朝洗硯俗塵除
매 조 세 연 속 진 제
古法爲師筆陣居
고 법 위 사 필 진 거
遺管受承通一氣
유 관 수 승 통 일 기
忽然應發素玄書
홀 연 응 발 소 현 서

소현의 초대전에 부쳐

아침마다 벼루를 씻겨 세속의 먼지 털어 내고
고법을 스승 삼아 왕희지 필진도(筆陣圖) 안에서 살았네.
스승이 남긴 붓 대롱에 한 기운이 통하여
문득 꽃이 활짝 피었으니 소현(素玄)의 글씨이다.

題麻宣紙
제 마 선 지

隱士文房四友隣
은 사 문 방 사 우 린
黃麻生紙一張伸
황 마 생 지 일 장 신
放懷揮筆均霑潤
방 회 휘 필 균 점 윤
不裂輕單發墨彬
불 열 경 단 발 묵 빈

마선지에 부쳐

은사의 글방은 지필묵연(紙筆墨硯)이 이웃인데
누런 삼으로 뜬 새 종이 한 장 펼쳐
회포를 풀어 휘두르는 붓 길에 먹물이 고르게 스며들고
얇고 질기면서 피어오르는 먹색이 아름답네.

奉和無現和尙
봉 화 무 현 화 상

平生書路不追隨
평 생 서 로 불 추 수
我取元香槪拾遺
아 취 원 향 개 습 유
漲意造形空得境
창 의 조 형 공 득 경
莫言法古創新之
막 언 법 고 창 신 지

무현 스님에게 화답하다

평생의 붓 길에 다른 사람의 뒤를 따르지 않았으니
내가 취한 필묵은 그들이 버리고 간 것을 주운 것들이라오.
내 마음대로 조형하는 버릇은 공짜로 얻은 경계이니
말하지 마소, 옛것을 익혀 새로운 모습으로 표현한 것일 뿐이니.

* 元香(원향): 먹의 이칭(異稱).

題斗乙展
제 두 을 전

坼海縫作自刺修
탁 해 봉 작 자 자 수
靑天鑿孔繕搖錐
청 천 착 공 선 요 추
煙雲一張星辰燦
연 운 일 장 성 신 찬
方寸包懷地府窺
방 촌 포 회 지 부 규

두을전에 부쳐

갈라진 바다를 꿰매어 스스로를 수행하고
푸른 하늘에도 구멍을 뚫어 바늘로 수선하니,
안개구름의 종이 한 장에 별들이 찬란하게 빛나고
마음속의 포부는 저승까지도 훔쳐보는구려.

* 刺修(자수): 남의 가르침을 직접(直接) 받지 아니하고 제 힘으로 학문(學問)을 닦음.
* 錐(추): 송곳, 또는 바늘을 뜻하며 글씨의 필획이 송곳으로 모래를 긋는 것처럼 해야 한다는 의미의 추획사(錐劃沙)라는 말이 서론(書論)에 있음.
* 方寸(방촌): "마음이 한 치 사방(四方)의 심장(心臟)에 깃들다"는 뜻으로, '가슴속' 곧 '마음'을 뜻함.

輓家室
만 가 실

千難萬苦受悲辛
천 난 만 고 수 비 신
掩置垂潸但沾巾
엄 치 수 산 퇴 점 건
哀惜電通言不盡
애 석 전 통 언 부 진
悵望去作北邙塵
창 망 거 작 북 망 진

가실의 죽음을 슬퍼하다

천고만난과 참기 어려운 슬픔 받아들이면서
남모르게 흘린 눈물에 젖은 수건뿐.
슬프고 가련하다, 전화로 할 말도 다하지 못했는데
북망산의 티끌로 만들어 시름없이 바라볼 뿐.

題忠毅公張潤將軍遺墟碑
제 충 의 공 장 윤 장 군 유 허 비

回憶壬辰義晉陽
회 억 임 진 의 진 양
未須著錄慟悲傷
미 수 저 록 통 비 상
寒天搖落丹花發
한 천 요 락 단 화 발
獨秀傲霜萬世香
독 수 오 상 만 세 향

충의공 장윤 장군 유허비에 제하다

회고하건대 임진년의 진양성 절의를
글로서 가슴 아픈 상처 말할 수가 없네.
낙엽 진 추위에도 붉은 꽃 피었으니
서릿발 앞에 홀로 수려한 절개 만세의 향기라.

* 2018년 11월.

題梅花
제 매 화

疏影幽姿帶月華
소 영 유 자 대 월 화
反生畫法我梅花
반 생 화 법 아 매 화
縱横走筆無爲露
종 횡 주 필 무 위 로
毫發淸貧水墨家
호 발 청 빈 수 묵 가

매화에 부쳐

매화의 그윽한 자태 달빛 두르고
가지 하나가 밑으로 꺾이고 그것이 다시 살아 올라오니 나의 매화로다.
종횡으로 붓이 움직이니 자연스러움이 드러나고
붓끝에 핀 맑고 가난한 표현이 수묵화가의 집이로다.

* 疏影(소영): 암향소영(暗香疏影)의 준말로 매화를 말함.

贈缶民
증 부 민

胸中固陋逐山陰
흉 중 고 루 축 산 음
擬古頑迷不徹今
의 고 완 미 불 철 금
字圄摧破猶可見
자 어 최 파 유 가 견
常師造化得無心
상 사 조 화 득 무 심

부민에게

가슴이 고루하면 왕희지를 좇아가고
전통의 모방을 고수하면 오늘에 살아남을 수 없다.
문자의 감옥을 스스로 깨뜨려야 볼 수 있으니
천지조화를 스승으로 삼으면 무심을 얻으리라.

* 山陰(산음): 왕희지를 일컬음.

遇觀畫題云吾實子
우 관 화 제 운 오 실 자

塗業生涯幾過年
도 업 생 애 기 과 년
偶然汝作見畵篇
우 연 여 작 견 화 편
只今省問居何處
지 금 성 문 거 하 처
家母桃源樂與天
가 모 도 원 락 여 천

제목이 "내 아들"이라는 염성순 선생의 그림을 우연히 보고

그림 그리는 생애 몇 해이던가?
우연히 그대가 그린 작품을 보았네.
지금 어디서 살고 있느냐고 안부를 물었더니
'제 어미는 무릉도원에서 자연과 더불어 놀고 있다' 하네.

＊ 畵篇(화편): 액자 속의 그림.

贈迷息
증 미 식

作急離愁自晦躬
작 급 이 수 자 회 궁
縱横絶路望虛中
종 횡 절 로 망 허 중
雲開不見樓深月
운 개 불 견 루 심 월
雨過窓前掛白虹
우 과 창 전 괘 백 홍

자식에게

급한 이별의 고통과 슬픔에 스스로 몸을 숨기고
종횡으로 소식이 끊겨 하늘만 바라보네.
구름 걷혀도 빌딩 숲속의 달은 보이지 않고
지나가는 비에 묻어 온 흰 무지개 창 앞에 걸려 있네.

* 絶路(절로): 소식이 끊김.

智異山金農翁面請應作
지 리 산 금 농 옹 면 청 응 작

七耋次年承嗣得
칠 질 차 년 승 사 득
先慈紹絶錦屛張
선 자 소 절 금 병 장
金翁面請稱名酉
금 옹 면 청 칭 명 유
終罷花開釣月堂
종 파 화 개 조 월 당

조월당의 청(請)에 답하여

고희 다음 해에 손자 얻어
선자께서 끊어진 대를 잇고 금수병장을 펼쳤네.
금농옹이 얼굴을 맞대고 작명을 청하여 내가 유(酉)라 이름 하니
마침내 조월당에 꽃이 피었네.

* 首句不用韻.

寄手民
기 수 민

竹管羊毫筍鑿泥
죽 관 양 호 순 착 니
松煙焦墨紙沈低
송 연 초 묵 지 침 저
人文醇化明天地
인 문 순 화 명 천 지
書法爲淸自一蹊
예 술 종 래 자 일 혜

수민에게

죽관의 양호는 먼지 쌓인 진흙을 뚫고 올라온 죽순의 모습이고
송연의 초묵은 소나무의 혼과 정신이 종이 밑바닥까지 잠기는 모습이다.
인문이 바르게 서야 세상이 밝아지는 것이니
서법은 맑음으로 자기만의 길 하나를 내는 것이다.

* 自一蹊(자일혜): 『사기(史記)』에 도리불원하자성혜(桃李不言下自成蹊, 복숭아꽃이 곱고 과일의 맛이 좋아서, 오라고 하지 않아도 찾아오는 사람이 많아 그 나무 밑에는 새로운 길이 저절로 생긴다는 뜻으로, 창의와 독자성이 있는 사람은 스스로 말하지 않아도 사람들이 따름을 비유해 이르는 말)라 했다.

題老松圖
제 노 송 도

彩墨塗成老松圖
채 묵 도 성 노 송 도
瘦勁橫落葉生疏
수 경 횡 락 엽 생 소
月明來照枯淡事
월 명 래 조 고 담 사
今夜風情沍不孤
금 야 풍 정 호 불 고

늙은 소나무 그림에 부쳐

채묵으로 그린 늙은 소나무 그림
늙은 가지 횡으로 뻗었고 새로 난 잎사귀 성그네.
달 밝아 아취(雅趣)가 있는 일상에
이 밤의 풍정이 추워도 외롭지 않다네.

* 枯淡(고담): 청렴결백(淸廉潔白)하여 욕심(慾心)이 없고, 서화(書畫), 문장(文章), 인품(人品) 등이 저속(低俗)하지 않고 아취(雅趣)가 있음.

頌剛菴先生十周忌
송 강 암 선 생 십 주 기

求道行身法古風
구 도 행 신 법 고 풍
時開文墨創新窮
시 개 문 묵 창 신 궁
常袍保髮終生衛
상 포 보 발 종 생 위
天下欽羨士彦公
천 하 흠 선 사 언 공

강암 선생 십 주기에

도를 구하는 몸가짐이 옛 법도를 따르는 기풍이었고
때때로 시문과 서화의 창신(創新)을 궁구하셨다.
살아생전 평생 동안 도포(道袍)와 상투를 고집하셨으니
온 세상이 사언공(士彦公)을 흠모하고 선망하였다.

頌石河先生展
송 석 하 선 생 전

終身燥渴道心求
종 신 조 갈 도 심 구
七五今朝壁上留
칠 오 금 조 벽 상 류
古法遵由搖筆路
고 법 준 유 요 필 로
元香長遠石河流
원 향 장 원 석 하 류

석하 선생 개인전을 노래하다

평생의 목마름으로 인간 본래의 마음을 구하더니
칠십오 세의 오늘 아침 전시장 벽 위에 그 마음이 머물고 있네.
옛 법을 따르고 좇는 붓 길에
먹 향기 아름다운 석하(石河)로 오래오래 흐르소서.

題墨蘭圖
제 묵 란 도

玉露光風洗拂埃
옥 로 광 풍 세 불 애
幽姿逸韻異香來
유 자 일 운 이 향 래
毫端寫出過三折
호 단 사 출 과 삼 절
水墨淡粧紙上開
수 묵 담 장 지 상 개

난초 그림에

맑은 이슬과 봄바람에 먼지 씻고
그윽한 자태와 운치, 그리고 특별한 향기로 세상에 나와,
붓 끝이 세 번 꺾이는 필법에
수묵의 담백한 화장으로 종이 위에서 꽃을 피웠네.

* 光風(광풍): 초왕(楚王)의 초혼(招魂)에 풍광전혜범중난사(光風轉蕙氾崇蘭些, 맑은 바람 혜초에 불고, 향기로운 난초를 흔드네)라고 했다.

* 三折(삼절)=三轉折(삼전절): 원대의 조맹부(趙孟頫)가 그의 난법(蘭法)에 일과삼전지묘(一過三轉之妙, 붓이 한 번 지나갈 때 방향이 세 번 꺾이는 필법)이라 했음.

應弗寒子詩題
응 불 한 자 시 제

昨宵迷夢歲時酣
작 소 미 몽 세 시 감
今夕羅翁閏月談
금 석 라 옹 윤 월 담
明氣無中避殺鬼
명 기 무 중 피 살 귀
杳然靜坐對淮南
묘 중 정 좌 대 회 남

불한자의 시제(詩題)에 답하여

지난밤 미몽중(迷夢中)에 세시풍속 즐겼는데
오늘 밤에 나옹(羅翁)께서 세시(歲時)가 낄 수 없는 윤월을
　말씀하시네.
중기(中氣) 없는 밝은 기운에 손(殺鬼)을 피하고
고요히 앉아 아득한 기억으로 회남자(淮南子)를 마주하네.

* 無中(무중): 중기(中氣)가 없다는 말로. 모든 절기에는 매월 여기(餘氣), 중기(中氣), 정기(正氣)로 구성되어 있는데 4년 중 한 달만 중기(中氣)가 빠지게 되고, 이 기간에는 인간의 삶에 훼방을 놓는 소위 손[太白殺鬼]이 하늘로 도망을 간다고 함. 따라서 이 기간에 절에서는 예수재(預修濟)를 지내어 미리 공덕을 닦는가 하면, 민가(民家)에서는 그 동안 하지 못 했던 흉사(凶事)를 마무리할 수 있다고 함. 이러한 윤달은 전한대(前漢代)의 『회남자(淮南子)』로부터 비롯되었다고 함.

題金君手民招待展
제 김 군 수 민 초 대 전

回憶來君自叩頭
회 억 래 군 자 고 두
萱堂收手面無憂
훤 당 수 수 면 무 우
平生讀帖臨摸字
평 생 독 첩 임 모 자
惟有研書繫藝舟
유 유 연 서 계 예 주

김수민 군의 초대전에 부쳐

돌이켜 생각하건대 너는 나를 찾아와 스스로 머리 숙이면서
어머니의 손을 놓고도 얼굴에 걱정이 없었다.
평생 법첩을 펼치고 죽도록 임서만 하는 것은
오직 서법이 예주쌍집(藝舟雙楫)에 묶여 있기 때문이다.

萬歲枯藤除舊殼
만 세 고 등 제 구 각
千年筆法得新鉤
천 년 필 법 득 신 구
化遷美意先和應
화 천 미 의 선 화 응
時變前途共勝遊
시 변 전 도 공 승 유

만년 묵은 등나무가 껍질을 벗고
천추 필법에서 새로운 것을 얻는 것.
아름다움의 의미가 바뀌기 전에 먼저 화답하고
변화하는 시대의 선두에 서서 우리 함께 놀아 보자.

寄後學象君
기 후 학 상 군

嗟爾欽崇座主賓 關係交流人膾炙
차 이 흠 숭 좌 주 빈 관 계 교 류 인 회 자
幕間謀利舌耕人 耳標訓告世超倫
막 간 모 리 설 경 인 이 표 훈 고 세 초 륜
暗中先賣空名帖 不知羞恥矜高足
암 중 선 매 공 명 첩 부 지 수 치 긍 고 족
事後臨查淖換銀 目笑無言皆反脣
사 후 임 사 뇨 환 은 목 소 무 언 개 반 순

후배 상군에게

너희들이 존경하는 심사위원은
막간에 자기 잇속만 챙기는 너희들의 스승이시다.
밀담으로 공명첩을 팔고
사후심사로 진흙을 은으로 바꾸지.
인간관계가 인구에 회자되고
귀동냥으로 가르치는 재주가 빼어나며,
수치를 모르고 제자들을 자랑하니
말없는 눈웃음으로 모두가 입술을 비쭉거린단다.

結社同門行一路
결 사 동 문 행 일 로
相承邪道起紅塵
상 승 사 도 기 홍 진
師心自是連綿繫
사 심 자 시 연 금 계
法古書壇制屈身
법 고 서 단 제 굴 신
莫語奚爲來我處
막 어 해 위 래 아 처
淸流壯志復延伸
청 류 장 지 부 연 신
無求自在風流近
무 구 자 재 풍 류 근
道不阿時放月隣
도 불 아 시 방 월 인

동문을 조직하여 한길로 나아가니
바르지 못한 도리 이어받아 먼지만 일으키고,
사심자시로 계속 이어져
서단의 후배들에게 굴신을 강요하고 있지.
말하지 마라, 내 있는 곳에 왜 왔느냐?
청류의 큰 뜻을 세워 다시 허리를 펴라.
구함이 없어 자유로운 풍류를 가까이하고
도는 본래 시류에 영합하지 않으니 제멋대로인 달과 이웃해야 하리.

贈手民
증 수 민

繪畵增塗再現人
회 화 증 도 재 현 인
揮毫單番露精神
휘 호 단 번 로 정 신
庶幾莫語圖無比
서 기 막 어 도 무 비
一筆如生世貴珍
일 필 여 생 세 귀 진

書法本來文士道
서 법 본 래 문 사 도
昨今大展俗人陳
작 금 대 전 속 인 진
卑湫文識惟能寫
비 초 문 식 유 능 사
短淺毫端習氣馴
단 천 호 단 속 기 순

수민에게 주다

그림은 여러 번의 덧칠로 사람의 모습을 표현할 뿐이지만
글씨는 단 한 번의 운필로 그 사람의 정신이 드러나는 것이니,
바라건대 함부로 말하지 말라, 그림과는 비교할 바가 아니다.
일필은 살아 움직이는 생명과 같아서 이 세상의 가장 진귀한
보배이니라.
서법은 본래 뛰어난 학식의 선비들이 추구하는 길인데
지금의 공모전은 속인들만 줄 서 있고,
문식(文識)이 비루(鄙陋)하면 오직 베낄 뿐이니
식견(識見)이 짧은 붓끝은 습기(習氣)에 길들여질 뿐이다.

入賞注名於帖紙
입 상 주 명 어 체 지
書生萬目淚沾巾
서 생 만 목 누 첨 건
墨場滿溢紅塵客
묵 장 만 일 홍 진 객
此世修行守性眞
차 세 수 행 수 성 진

試監富榮誰失物
시 감 부 영 수 실 물
幾何歲月對淸貧
기 하 세 월 대 청 빈
雖然藝苑盡蒿蓬
수 연 예 원 진 호 봉
逸散虛心筆法遵
일 산 허 심 필 법 준

입상(入賞)의 이름표가 곧 현금영수증이니
수많은 서생의 눈물에 수건이 젖고 있다.
서단에 속인(俗人)들만 가득하니
이런 세상에서는 수행(修行)이나 하면서 본성을 지켜야 한다.
심사위원의 부귀영화는 누군가에게서 빼앗은 것이니
어느 세월에 맑은 청빈(淸貧)을 마주할 수 있겠느냐?
비록 예술마당이 쑥대밭이 되었다 할지라도
마음을 비우고, 부디 한눈팔지 말고 필법만 좇아가야 한다.

* 帖紙(체지): 금품을 받은 영수증.

路上逢先長太息
노 상 봉 선 장 태 식
不堪稽古到蟾津
불 감 계 고 도 섬 진
當流興趣心安得
당 류 흥 취 심 안 득
更考詩書可潤身
갱 고 시 서 가 윤 신

獨往至難求若拙
독 왕 지 난 구 약 졸
要須鐵劃隱含春
요 수 철 획 은 함 춘
方將氷雪浮雲漫
방 장 빙 설 부 운 만
自在重新願手民
자 재 중 신 원 수 민

길거리에서 만난 어느 선배의 장탄식에
감당 안 되는 옛 생각 더듬어 어느덧 섬진강에 이르고,
강물 흘러 일어나는 흥취로 마음의 평안을 얻어
다시 생각하건대 시를 읽는 것만이 몸을 윤택하게 하는 것이다.
오직 홀로 나아가는 길이 어려울지라도 구해야 하는 것이
대교약졸(大巧若拙)이고
반드시 필요한 것은 아무리 강한 무쇠획[鐵劃]일지라도 그 안에
봄(생명력)이 숨어 있어야 한다.
언젠가 서단에 눈얼음처럼 찬바람 불어 뜬구름 흩어지면
자유로우면서도 거듭 새로워진 수민이 되기를 바란다.

題氷貞亘古軒主人朴榮淑先生抱懷一散展
제 빙 정 긍 고 헌 주 인 박 영 숙 선 생 포 회 일 산 전

法意丹精亘古聯
법 의 단 정 긍 고 련
氷貞軒擧創新先
빙 정 헌 거 창 신 선
當中回憶觀毫作
당 중 회 억 관 호 작
我與心交翰墨緣
아 여 심 교 한 묵 연

빙정긍고헌 주인 박영숙 선생의 회포를 한번 풀어놓은 전시회에 부쳐

서법과 필의(筆意)에 대한 뜨거운 진심이 옛 법으로 이어져 있지만
빙정헌의 필묵 표현은 언제나 새로움[法古創新]이 먼저라네.
그동안의 서작(書作)들을 보면서 돌이켜 생각하건대
나와 더불어 마음속의 친구로 맺은 필묵의 인연.

硯繼家風文史哲
연 계 가 풍 문 사 철
筆生書路正音鮮
필 생 서 로 정 음 선
惜君淸逸如崑玉
석 군 청 일 여 곤 옥
除却閑談送老年
제 각 한 담 송 노 년

벼루로 이어진 집안의 기품(氣稟)이 인문학이었기에
필생의 붓 길에 그대의 한글이 더욱 빼어나니,
곤륜산 옥처럼 맑고 속되지 않은 그대, 늙는다는 것 애석하지만
이제는 모든 걸림 걷어내고 한가한 이야기로 우리 함께 노년을
보내게요.

題靑墨五士招待展
제 청 묵 오 사 초 대 전

帖碑橫卷說門生 書辭高雅風流客
첩 비 횡 권 설 문 생 서 사 고 아 풍 류 객

詩韻空虛豈共鳴 識見卑氏寫字丁
시 운 공 허 기 공 명 식 견 비 저 사 자 정

筆法雖然人膾炙 自適居閑淸靜處
필 법 수 연 인 회 자 의 적 거 한 청 정 처

只爲手巧祇文盲 不求名利道人行
지 위 수 교 지 문 맹 불 구 명 리 도 인 행

서단의 다섯 선비 초대전에 부쳐

서첩과 탑본을 옆에 끼고 제자들을 가르쳐도
시운(詩韻)이 공허하면 어찌 공명(共鳴)할 수 있겠는가?
필법이 비록 인구에 회자(膾炙)되는 명예를 얻었다 할지라도
다만 손재주가 뛰어난 문맹(文盲)일 뿐.
작은 편지글도 어휘가 고아하면 풍류객이요
학식과 견문이 비루하면 한낱 글자나 베끼는 일꾼이니,
자유롭고 느긋하게 사는 맑고 고요한 곳에서
명리를 구하지 않으면 그것만으로도 도인의 길이다.

寒窓古硯煙霞到
한 창 고 연 연 하 도
得意新毫物外成
득 의 신 호 물 외 성

가난한 창가의 옛 벼루에 연하가 이르면
뜻을 얻은 새 붓으로 세속 밖의 경계에서 뜻을 이루리.

* 煙霞(연하): 선비는 자연을 몹시 사랑하는 성벽(性癖)이 있다는 뜻으로 당(唐) 나라 때의 은사(隱士) 전유암(田遊岩)이 연하고질(烟霞痼疾)이라 했다.

重憶醉墨軒
중 억 취 묵 헌

車窓斜湯井
차 창 사 탕 정
忽憶暗交頤
홀 억 암 교 이
不返誰何問
불 반 수 하 문
念曾滿漏巵
염 증 만 루 치

취묵헌을 다시 생각하며

차창 앞으로 탕정이 스치는데
갑자기 나는 그대 생각에 소리 없이 눈물 흐르고,
돌아오지 않는 이유 누구에게 물어야 할지
그리움만 밑 없는 술잔에 가득하여라.

* 湯井(탕정): 아산시 탕정면(취묵헌 인영선 선생 고향).
* 交頤(교이): 눈물이 흘러내려 턱에 마주 닿음.
* 漏巵(누치): 밑이 없는 술잔.

授號
수 호

筆墨雲鋤作
필 묵 운 서 작
從今號手民
종 금 호 수 민
要須書法古
요 수 서 법 고
創意露生新
창 의 로 생 신

호를 주다

필묵은 구름(종이)에 호미질 하는 농사이니
이제부터 너를 수민으로 부를 것이고,
글씨는 반드시 예스러워야 하며
창의는 생생한 새로움으로 드러나야 함을 명심해야 한다.

4

筆墨所懷 필묵소회

武珍墨壇有感
무 진 묵 단 유 감

武珍多墨客
무 진 다 묵 객
過半一門生
과 반 일 문 생
敎學爲榮利
교 학 위 영 리
何人最得名
하 인 최 득 명

광주 서단을 바라보면서

광주에는 글씨 쓰는 사람도 많아
절반 이상이 한 문하생인데,
가르치고 배우는 일이 영리일 뿐이니
누가 가장 크게 이름을 얻었을까?

作爲
작 위

平生求若拙
평 생 구 약 졸
筆下不成詩
필 하 불 성 시
得意無親炙
득 의 무 친 자
吾書有作爲
오 서 유 작 위

글씨가 자연스럽지 못하여

평생 약졸을 구했건만
시 한 수도 완성을 못한다네.
뜻을 이룸에 스승의 가르침을 받지 않았으니
나의 글씨에는 작위가 있다.

無題
무 제

文墨多含蓄
문 묵 다 함 축
爲書識字行
위 서 식 자 행
毫端懷一散
호 단 회 일 산
搖筆不求名
요 필 불 구 명

무제

문묵은 많은 것들을 함축하고 있어
글씨를 쓰는 것은 문식이 높은 사람들이 하는 것이고,
붓끝으로 회포를 한 번 풀어낼 뿐
붓을 움직여 이름을 구걸하지는 않는다.

無題
무 제

矇瞽才能巧
몽 고 재 능 교
橫經說字形
횡 경 설 자 형
筆名人膾炙
필 명 인 회 자
自選勒碑銘
자 선 륵 비 명

무제

맹인의 재주가 교묘하여
책을 펼치고 글씨를 가르치더니
필명이 인구에 회자되고
스스로 자기 이름을 새긴 비를 세웠다.

寫紅梅
사 홍 매

瘦影招來月
수 영 초 래 월
浮香動暗中
부 향 동 암 중
逸興依渲染
일 흥 의 선 염
寫作一枝紅
사 작 일 지 홍

홍매를 그리다

야윈 그림자 달을 불러오니
향기 떠서 은밀하게 움직이네.
흥겨움이 수묵화의 선염을 의지하여
홍매 한 가지를 그렸네.

無題
무 제

押韻難尋字
압 운 난 심 자
吾詩莫景情
오 시 막 경 정
雖然非句作
수 연 비 구 작
只有造心生
지 유 조 심 생

무제

시의 리듬과 참된 의미의 표현이 너무나 어려워
내 글에는 물경(物境)의 범주인 경정(景情)조차도 없다.
비록 구법(句法)에 맞지 않는다 할지라도
다만 마음에 새길 뿐이다.

* 句作(구작): 시나 문장(文章)을 구법(句法)대로 지음.

弄筆
농 필

一過三折意
일 과 삼 절 의
胎息萬毫齊
태 식 만 호 제
筆劃含生路
필 획 함 생 로
無心自運蹊
무 심 자 운 혜

붓을 시험하다가

붓이 한 번 지나가면서 세 번 꺾이는 뜻은
단전에 숨을 모으고 만호제력으로 붓을 세우는 것이다.
필획에 자기 삶을 응축하고
무심필의 자운으로 길을 내는 것이다.

無心
무 심

煙雲千句吐
연 운 천 구 토
如意萬毫呑
여 의 만 호 탄
造化乾坤律
조 화 건 곤 율
無心屋漏痕
무 심 옥 루 흔

무심

안개와 구름이 천 구절의 글을 토해 내고
여의주를 만 개의 붓털이 삼켰네.
조화는 하늘과 땅의 질서이니
무심은 옥루흔의 경계이다.

* 萬毫(만호): 만호제력(萬毫齊力)에 연유한 말로 글씨를 쓸 때에 모든 붓털이 힘을 골고루 발휘하는 것을 뜻함.

* 屋漏痕(옥루흔): 지붕이 샌 빗물이 자연스럽게 벽을 타고 흘러내린 흔적.

書懷
서 회

翰墨先生少
서 로 선 생 소
神人膾炙多
신 인 회 자 다
同然皆賈豎
동 연 개 고 수
欲販右軍鵝
욕 판 우 군 아

글씨 소회

서단에 선생은 드물고
인구에 회자되어 유명한 작가들은 무수히 많은데,
그들 대부분은 장사꾼이나 다름없어
왕희지의 거위도 팔아먹고 싶어 하네.

書懷
서 회

一過三折運
일 과 삼 절 운
二氣五行輪
이 기 오 행 륜
點劃生文字
점 획 생 문 자
詩能筆墨彬
시 능 필 묵 빈

글씨 소회

붓이 한 번 지나가면서 세 번 꺾이는 운필법은 과거와 현재와 미래의 마음의 공간을 의미하고
우주자연 순환 질서로서의 변화하는 생각의 시간을 음양오행의 이치로 파악하는 것이다.
점과 획은 문자를 이루지만
시는 능히 필묵에 균형과 조화의 묘(妙)로 기능한다.

* 二氣(이기): 음양(陰陽).

書懷
서 회

先生書範異
선 생 서 범 이
俗匠畫風同
속 장 화 풍 동
墨客詩文拙
묵 객 시 문 졸
多才寫字工
다 재 사 자 공

글씨 소회

선생은 글씨를 자기와 다르게 가르치고
장인은 그림을 자기와 같게 가르친다.
서예가의 시문이 보잘것없으면
재주 많은 사자공(寫字工)일 뿐이다.

* 寫字工(사자공): 글씨를 잘 쓰는 기능공.

對濫作
대 남 작

何時吾墨跡
하 시 오 묵 적
厭矣勿相望
염 의 물 상 망
此意誰人識
차 의 수 인 식
今方兩眼傷
금 방 양 안 상

남발한 작품을 마주하다

언재 때 묵적이냐?
보기 싫다, 서로 보지 말자.
이런 뜻을 누가 알겠느냐,
지금 당장에 양쪽 눈이 아픈 것을.

書懷
서 회

書家師造化
서 가 사 조 화
字劃倚天然
자 획 의 천 연
紙上元香發
지 상 원 향 발
無心筆路傳
무 심 필 로 전

글씨 소회

서가(書家)는 조화(造化)를 스승으로 삼아
글씨의 획이 자연스러워,
종이 위에 먹이 번지면
필로(筆路)에 무심(無心)이 전해지고.

寄弗寒子
기 불 한 자

木石同時老
목 석 동 시 로
風霜異所疏
풍 상 이 일 소
更無連歲月
갱 무 연 세 월
惟有抱懷餘
유 유 포 회 여

불한자에게 보내다

라석과 목인이 동시에 늙어
풍상의 장소가 달라 소원했지만,
다시 또 어쩔 수 없이 흐르는 세월마다
오직 그리움에 잊혀지지 않는 그대 생각 넘쳤다오.

墨禪
묵 선

識盲書作室
식 맹 서 작 실
聾啞學臨池
농 자 학 임 지
借問能成點
차 문 능 성 점
師應指幼兒
사 응 지 유 아

묵객의 좌선

글을 모르는 사람의 서실에서
농아가 글씨를 배우는데
어떻게 하면 점을 잘 찍을 수 있느냐고 물으니
스승이 답하여 어린 아이 가리키네.

書壇有感
서 단 유 감

貪墨求空帖
탐 묵 구 공 첩
縱橫共屬揮
종 횡 공 속 휘
筆耕名利索
필 경 명 리 색
書路俗塵飛
서 로 속 진 비

서단유감

먹을 탐하여 공명첩 구하고
종횡으로 공속을 휘두르네.
붓을 움직여 명리만 찾으니
글씨에 세속의 먼지만 날리네.

* 共屬(공속): 사심자시(師心自是)의 도제교육(徒弟敎育)에 의해 형성된 공속감정(共屬感情). 한 스승에 의해 배출된 집단이 그 스승을 중심으로 자기들의 생각만 옳다고 여기는 공동체감정(共同體感情)으로, 글씨의 기법과 형태가 한결같이 똑같아지는 자기들의 글씨만 귀하다고 여기는 집단감정.

取笑
취 소

空罐登高座
공 권 등 고 좌
橫經說衆生
횡 경 설 중 생
自招人取笑
자 초 인 취 소
不出纏無明
불 출 전 무 명

남의 웃음거리

빈 깡통이 강단에 올라
책을 펼치고 군중 앞에서 강연을 하네.
사람들의 웃음거리를 스스로 자초하니
어리석게도 무명에 얽혀 있구나.

* 空罐(공관): 쇠로 만든 빈 깡통.
* 纏無明(전무명): 전(纏)은 얽어맨다는 뜻으로 무명(無明)이 사람을 얽어매어 고통스럽게 하는 것을 말함.

書懷
서 회

責問何無倣
책 문 하 무 방
當爲僅所云
당 위 근 소 운
書壇皆識字
서 단 개 식 자
我獨不知文
아 독 부 지 문

글씨 소회

왜 옛것을 따르지 않느냐고 꾸짖으면서 누군가 나에게 물었다.
당연한 물음에 내가 겨우 답한 말은
"서단의 모두가 글자를 알지만
나만 홀로 글을 모른다오."

一波三過折筆

일 파 삼 과 절 필

一起行留頓

일 로 행 유 돈

三過折法成

삼 과 주 필 성

回鋒端露面

회 봉 단 로 면

腕下創新生

완 하 창 신 생

글씨에 관하여

한 번 붓을 세우면 가고 서고 꺾이면서
파임[磔]은 삼과(三過)의 필법으로 이루어지고,
돌아오는 붓끝에 얼굴이 드러나는 것이니
팔 아래서 창신(創新)이 이루어진다.

書懷
서 회

玉露山花潤
옥 로 산 화 윤
金風曲水澄
금 풍 곡 수 징
石泉凝瑞氣
석 천 응 서 기
墨海結靑氷
묵 해 결 청 빙

글씨 소회

맑은 이슬에 산꽃 반짝이고
가을바람이 굽이굽이 흐르는 물 맑게 하네.
돌샘에 서기 머물면
벼루에도 푸른 얼음 언다네.

* 金風(금풍): 가을바람.
* 墨海(묵해): 벼루.
* 靑氷(청빙): 얼음은 물에서 생성되지만 더 푸르고 맑고 차갑다. 즉 근원보다 더 뛰어나다는 의미로, 예로부터 벼루는 단계연(端溪硯)을 으뜸으로 쳤고, 그 가운데에서도 연면(硯面)에 청화(靑華)가 꽃피어 있고 빙렬문(氷裂紋)이 앉아 있는 것을 극귀품(極貴品)으로 여겼는데, 그것은 문인묵객의 심성이 얼음보다 더 푸르고 맑으면서 차가운 지성과 선비정신으로 세속의 표상이기를 바랐기 때문이다.

筆墨
필 묵

筆墨彰神性
필 묵 창 신 성
虛心脫俗塵
허 심 탈 속 진
不文依手巧
불 문 의 수 교
識字尙天眞
식 자 상 천 진

필묵의 느낌

필묵에는 정신이 드러나는 것이니
마음을 비우고 세속의 먼지를 털어 내야 한다.
글을 모르면 손재주에 의지하고
글을 알면 자연스러움을 숭상한다.

餘閑
여 한

文墨終年事
문 묵 종 년 사
烟耕摘句成
연 경 적 구 성
琢磨窮古法
탁 마 궁 고 법
筆路創新生
필 로 창 신 생

한가하여

시문과 필묵작업이 평생의 일이니
안개를 갈아 얻은 시어로 글을 짓고
옥을 갈고닦듯 고법(古法)을 궁구하여
필묵의 길에 창신(創新)을 이루게 한다네.

書懷
서 회

墨客推文識
묵 객 추 문 식
書爲到底人
서 위 도 저 인
臨池呑水盡
임 지 탄 수 진
筆劃得天眞
필 획 득 천 진

글씨 소회

서예가의 수준은 문식으로 가늠하는 것이니
글씨는 식견이 깊은 지식인이 하는 예술이고
장지의 연못에 고인 먹물을 다 삼켜야
필획이 세외의 자연스러움을 얻을 수 있다.

* 臨池(임지): 중국 동한 때의 명필 장지(張芝)가 붓과 벼루를 씻은 연못이 검게 변하여 이를 '臨池學書 池水盡墨'이라 했으며 이에 후인들이 서예를 '임지(臨池)'의 기예(技藝)라 했다.

吟禿友
음독우

墨路揮毛劍
묵로휘모검
毫生與始終
호생여시종
欲臨新境界
욕임신경계
朋伴禿頭翁
붕반독두옹

몽당붓을 읊다

붓을 휘둘러야 하는 필묵의 인생길에
처음과 끝을 나와 함께했으며,
새로운 경계에 이르고 싶어 한
독두옹은 나의 벗이라오.

* 毛劍(모검): 모필(붓).
* 禿頭(독두): 몽당붓.

文盲有感
문 맹 유 감

書壇習染慕華風
서 단 습 염 모 화 풍
手寫詩文自不通
수 사 시 문 자 불 통
雖卓筆名無所作
수 탁 필 명 무 소 작
誰知穿硯有餘窮
수 지 천 연 유 여 궁

문맹에 대한 느낌

서단에 깊이 감염된 버릇이 모화풍이라
손수 쓴 시와 글이 자기 자신과도 소통하지 못하여
아무리 필명이 높다 할지라도 자기 것이 없으니
누가 알랴, 구멍 난 벼루에 가난만 남은 것을.

* 慕華(모화): 중국(中國)이나 중국 것을 섬김.

自娛
자 오

書畵潛心即墨禪
서 화 잠 심 즉 묵 선
那知足遁閉吾泉
나 지 족 둔 한 오 천
人文意氣行天道
인 문 의 기 행 천 도
一劃含春貫自然
일 획 함 춘 관 자 연

스스로 즐기면서

서화로 마음을 가라앉히는 것이 곧 묵선이니
내 우물을 막고 숨어버린 뜻을 어찌 알랴.
인문을 통해 얻은 마음은 천지자연의 도리를 실천케 하는 것이니
한 번 그은 획도 봄을 머금었으면 이미 무위자연을 이룬 것이다.

書懷
서 회

書窓有意望嵐煙
서 창 유 의 망 람 연
筆路無心倚自然
필 로 무 심 의 자 연
明月招來塵外客
명 월 초 래 진 외 객
醴香能引洞中仙
예 향 능 인 동 중 선

글씨 소회

서창에 뜻있음은 청출어람의 푸른 안개를 바라볼 수 있기 때문이요
붓 길에 마음이 없음은 자연에 의지하기 때문이다.
밝은 달은 세속 밖의 길손을 불러오고
익은 술 향기는 능히 토굴 속의 신선도 불러낸다.

弄鐵筆
농 철 필

金風引月照書窓
금 풍 인 월 조 서 창
方寸田黃印彩舡
방 촌 전 황 인 채 강
手底無心開有一
수 저 무 심 개 유 일
人存淸靜比無雙
인 존 청 정 비 무 쌍

전각도(篆刻刀)를 가지고 놀다

가을바람에 달을 끌어내 서창을 비추게 하면
방촌의 전황에 유람선을 새기고,
손아래 여러 작품 가운데 오직 무심 하나만 꽃이 피니
서예가가 가진 청정(淸靜)은 무엇과도 견줄 수 없는 가치이다.

* 方寸(방촌): 전각(篆刻)을 방촌의 예술이라고 함.
* 田黃(전황): 전각의 재료 가운데에 가장 좋은 인재(印材).
* 彩舡(채강): 화려한 유람선.
* 淸靜(청정): 청정(淸靜, 맑고 고요함)은 도(道)의 성질로『노자도덕경(老子道德經)』에 "淸靜爲天下正"이라 했음.

硯邊卽事
연 변 즉 사

窓外煙霞洗硯塵
창 외 연 하 세 연 진
雲池發色墨鮮新
운 지 발 색 묵 선 신
吾書意向山林路
오 서 의 향 산 림 로
搖筆縱橫露精神
요 필 종 횡 로 정 신

벼루 옆에서

세상 밖의 안개로 벼루에 낀 먼지 씻어 내니
연지(硯池)에 피어오른 묵색이 새로움을 얻었네.
내 글씨의 목표는 산림[自然]이고
붓을 자유롭게 쓰는 것은 내 마음을 드러내는 것이다.

武珍名家

무 진 명 가

林泉古硯索創新
임 천 고 연 색 창 신
都會書家慣屈身
도 회 서 가 관 굴 신
巧敏筆才人膾炙
교 민 필 재 인 회 자
武珍筆路起紅塵
무 진 필 로 기 홍 진

광주의 대가

시골의 오래된 벼루는 새로운 것을 궁구하건만
도시의 서예가는 굴신에 익숙하네.
필재가 교민하여 인구에 회자되고
무진 서단에 붉은 먼지만 일으키네.

吟中國安陽文字博物館所懷
음 중 국 안 양 문 자 박 물 관 소 회

曲體金文漢語疏
곡 체 금 문 한 어 소

直符貞卜在殷墟
직 부 정 복 재 은 허

加臨轉變正音字
가 림 전 변 정 음 자

甲骨同根箕子書
갑 골 동 근 기 자 서

안양 문자박물관에서

곡선의 금문은 중국어를 소통하고

직선의 갑골은 은허의 유적지에 남아 있네.

가림토가 변하여 훈민정음의 글자가 되었고

갑골문자는 뿌리가 같은 기자조선의 서법이다.

* 殷墟(은허): 중국 갑골문자의 발상지.
* 加臨(가림): 기자조선의 가림토.
* 甲骨(갑골): 은(殷)·주(周)시대에 구갑(龜甲)과 수골(獸骨)에 새겨진 문자를 일컬어 구갑수골문자 또는 정복문자(貞卜文字)라고도 하며, 약칭 갑골문, 구갑문, 복사(卜辭), 계문(契文), 은계(殷契) 등으로도 부른다.

書懷
서 회

感起詩心落木邊
감 기 시 심 낙 목 변
生涯書法藝舟連
생 애 서 법 예 주 련
陰陽造化毫端露
음 양 조 화 호 단 로
萬象無爲是自然
만 상 무 위 시 자 연

글씨 소회

낙엽 떨어지는 가을 숲에서 시심이 일고
일생의 서법은 포세신의 예주쌍집에 닿아 있음이라.
음양의 조화가 붓끝에 드러난
무위의 천태만상이 바로 서조자연(書肇自然)이다.

* 藝舟(예주): 청대 서예가 포세신의 예주쌍집(藝舟雙楫).
* 自然(자연): 채옹(蔡邕)의 서조자연(書肇自然).

書懷
서 회

書家每日洗研泥
서 가 매 일 세 연 니
騷客詩語與新溪
소 객 시 어 여 신 계
屋漏流痕胸裏境
옥 루 류 흔 흉 리 경
平生下筆但心齊
평 생 하 필 단 심 제

글씨 소회

서가는 늘 벼루를 씻기고
선비의 시어는 새로운 시냇물 같아야 한다.
옥루흔은 가슴속에 간직한 경계이며
평생 붓을 드는 것은 오직 마음을 비우는 일이다.

* 硏(연): 여기서는 벼루 연(硯)과 같은 의미임.
* 與(여): 여기서는 같을 여(如)와 같은 의미임.
* 屋漏流痕(옥루류흔): 필묵의 가장 아름다운 경계.
* 心齊(심제): 유도집허 허자심제야(唯道集虛 虛者心齊也). 『장자(莊子)』 「내편(內篇) · 인간세(人間世)」에 나오는 말로, “도는 텅 빈 곳에 모이게 마련인데 텅 비게 하는 것이 심제이다”라는 뜻이다.

墨梅
묵 매

瘦莖疎影入侵霜
수 경 소 영 입 침 상
一枝春風出數芳
일 지 춘 풍 출 수 방
筆墨橫斜如水鐵
필 묵 횡 사 여 수 철
凌寒自發雪中香
능 한 자 발 설 중 향

묵매

매화 성긴 그림자에 서리가 들어간
한 가지에 봄바람 불어 몇 개의 꽃잎 피었네.
필묵이 횡으로 비껴 움직이니 무쇠와 같아
추위 이기고 스스로 꽃피워 눈 속에서도 향기로워라.

邯鄲學步
한 단 학 보

告身買得俗書家
고 신 매 득 속 서 가
陶醉醒來更自誇
도 취 성 래 갱 자 과
擔筆徘徊蹉淤田
담 필 배 회 차 어 전
邯鄲羨望夢中花
한 단 학 보 몽 중 화

한단학보

첩지를 사서 이름을 얻은 속된 서예가는
취하고 깬 뒤에도 다시 자기를 자랑하네.
붓을 매고 배회하다가 진흙더미에 넘어지니
한단학보에 대한 선망은 결국 꿈속의 꽃인 것을.

* 淤田(어전): 이전(泥田), 진흙밭.
* 邯鄲學步(한단학보): 한단(邯鄲)에서 걸음걸이를 배운다는 뜻으로, 자기(自己)의 본분(本分)을 버리고 함부로 남의 흉내를 내다가 두 가지 다 잃음을 이르는 말.

寄手民展
기 수 민 전

獨坐橫經自潤身
독 자 횡 경 자 윤 신
吹雲洗硯不留塵
취 운 세 연 불 류 진
淸貧受繼家風舊
청 풍 수 계 가 풍 구
金石精硏筆路新
금 석 정 연 필 로 신

수민의 개인전에 부쳐

홀로 책을 펼쳐 몸을 깨끗하게 하고
구름을 불어 벼루 씻기니 먼지가 머물지 않네.
청빈을 이어받아 가풍이 예스럽고
금석연구가 정교하니 필법의 방향이 새로워라.

創新
창 신

橫帖臨書遇古人
횡 첩 임 서 우 고 인
倚碑無語到來春
의 비 무 어 도 래 춘
時流不變誰何藝
시 류 불 변 수 하 예
古意窮心露創新
고 의 궁 심 로 창 신

새로움

법첩을 펼쳐 임서하는 것은 옛사람을 만나는 것이고
비학(碑學)에 의지하니 말없이 생명력의 봄이 찾아왔네.
시대의 흐름에 앞서 변하지 않는다면 누가 예술이라 하겠는가?
고의를 깊이 궁구하면 묵은 것을 버리고 새로움이 드러나리라.

* 倚碑(의비): 비학(碑學), 옛 비에 의지하다.
비학(碑學)의 반대는 첩학(帖學).

書懷
서 회

節序推移臥逸聞
절 서 추 이 와 일 문
能知律呂也幽欣
능 지 율 려 야 유 흔
騷人不食窮成句
소 인 불 식 궁 성 구
墨客終生學水文
소 객 종 생 학 수 문

글씨 소회

시절이 변화하는 소리를 누워서 듣고
율려를 깨달아가는 것 또한 고요한 기쁨이다.
문인은 식음을 잃으면서도 시어를 얻어야 하고
서예가는 평생 눈으로 볼 수 없는 자연의 질서를 배워야 한다.

* 水文(수문): 땅속으로 흐르는 크고 작은 물줄기.

書懷
서 회

沙上留存鳥迹文
사 상 유 존 조 적 문
圖書岩刻畵中分
도 서 암 각 화 중 분
窓前大几來煙月
창 전 대 궤 래 연 월
逸士揮毫起彩雲
일 사 휘 호 기 채 운

글씨 소회

모래 위의 조적문자는 지금도 남아 있고
글씨와 그림은 바위에 새겨진 그림에서 갈렸다네.
창 앞의 큰 책상에 희미한 빛 이르면
숨은 선비가 휘두른 붓끝에 오색구름 일어나네.

筆墨所懷
필 묵 소 회

世路風情共宇居
세 로 풍 정 공 우 거
語文通涉轉移初
어 문 통 섭 변 이 초
凝神化變工奇劃
응 신 화 변 공 기 획
逸氣含春現代書
일 기 함 춘 현 대 서

필묵 소회

세상이 아파트에 살아야 하는 풍속이고
어문의 소통도 한글로 옮겨가기 시작하였으니,
마음의 정화(精華)가 드러나고 변하여 이룬 새로운 필획의
빼어난 기상에 생명을 머금고 있는 것이 현대서예이다.

* 工奇(공기): 趙宦光(조환광)의 '화공지묘(化工之妙)'와 宋曹(송조)의 '자현신기(自炫新奇)'를 이름.

壁拆
벽 탁

古硯汚塵洗妙顔
고 연 오 진 세 묘 안

紙中發墨筆生還
지 붕 발 묵 필 생 환

龍城屋漏煙霞起
용 성 옥 루 연 하 기

虎出依然壁拆間
호 출 의 연 벽 탁 간

벽탁

옛 벼루에 앉은 먼지 씻겨 내니 얼굴이 묘하고
종이에 먹물 스미는 붓끝 살아서 돌아왔네.
용성의 옥루흔(屋漏痕)에 안개 일고
벽의 갈라진 틈 사이로 의연하게 호랑이 나오네.

* 壁拆(벽탁): 중국 당나라 때 회소(懷素)가 벽이 찢기고 갈라진 틈에서 느껴지는 강한 질감과 그 자연스러움에서 영감을 얻은 서법 운용으로, 장욱(張旭)의 절차고(折釵股)와 안진경(顔眞卿)의 옥루흔(屋漏痕) 등이 이러한 자연현상에서 영감을 얻은 유형에 속한다.

墨林有感
묵 림 유 감

隴客能言韻事微
농 객 능 언 운 사 미
魷魚含墨筆家非
우 어 함 묵 필 가 비
勒名世路徒書濫
늑 명 세 로 도 서 람
自照行年玉硯稀
자 조 행 년 옥 연 희

묵림유감

앵무새가 말을 아무리 잘한다 해도 운치가 있는 것은 아니며
오징어가 먹물을 머금었다 해서 작가일 수는 없다.
유명해지고 싶어서 쓴 글씨와 그림은 세상에 넘쳐나는데
스스로 지난 세월 돌아보고 성찰하는 작가는 드물구나.

* 隴客(농객): 앵무새를 달리 이르는 말.
* 徒書(도서): 보는 사람이 감흥하지 못해 쓸데없는 글씨나 그림.
* 玉硯(옥연): 옥으로 만든 귀한 벼루라는 뜻으로, 다른 사람의 벼루를 높여 부르는 말.

時變有感
시 변 유 감

會稽蘭亭已古墟
회 계 난 정 이 고 허
商廛電腦代人書
상 전 전 뇌 대 인 서
當今時俗沈歌舞
당 금 시 속 침 가 무
硯府衰殘但獨居
연 부 쇠 잔 독 자 거

변해버린 세상

회계산의 난정(蘭亭)도 이미 폐허가 되었고
구멍가게에서도 컴퓨터가 사람의 글씨를 대신하는데,
지금의 시대는 가무에 빠져 있고
서단은 날로 쇠락하니 오직 혼자 살아가는 수밖에.

* 會稽(회계): 중국의 회계산(會稽山). 서성(書聖) 왕희지의 난정수계로 유명함. 『서경(書經)』에 우배계수(禹拜稽首)라 하여 하(夏)나라의 우(禹)왕이 여러 제후국의 왕들을 모아 놓고 그 공적을 찬양한 데서 비롯되었으니 여기서는 계(稽)가 평성(平聲)이 아닌 상성(上聲)임.
* 電腦(전뇌): 컴퓨터.
* 硯府(연부): 벼루고을[書壇].

書懷
서 회

詩家採語每耕雲
시 가 채 어 매 경 운
墨客終年拓見聞
묵 객 종 년 척 견 문
古邑沙泥留鳥迹
고 읍 사 니 류 조 적
新摩鷄血刻殷文
신 마 계 혈 각 은 문

글씨 소회

시인은 늘 구름을 갈아 시어를 채굴하고
묵객은 죽을 때까지 견문을 넓혀야 한다네.
옛 고을의 모래땅에도 조적문자 남아 있으니
새로 치석한 계혈(鷄血)에 갑골문자 새겨 보네.

想念
상 념

山林修業省吾身
산 림 수 업 성 오 신
都會淸居硯作隣
도 회 청 거 연 작 린
筆路無心包宇宙
필 로 무 심 포 우 주
墨禪有意貫人神
묵 선 유 의 관 인 신

상념

자연에서의 공부는 몸을 바르게 하는 것이고
도시에서의 맑은 삶은 벼루를 이웃으로 삼아야 한다.
붓 길에 마음 없음은 우주를 포용하는 것이고
서작(書作)에 몰입하는 의미는 신과 인간을 꿰뚫는 데 있다.

瞽馬聞鈴
고 마 문 령

昔時表意六書崇
석 시 표 의 육 서 숭
近日正音諺字通
근 일 정 음 언 자 통
從此家乘觀不見
종 차 가 승 관 불 견
誰何掩目做盲公
수 하 엄 목 주 맹 공

눈 먼 말이 방울 소리만 듣고 따라가다

옛날에는 표의문자인 육서(漢字)를 숭상하더니,
요즘은 정음인 한글로만 소통하네.
이에 족보도 볼 수 없게 되었으니
누가 우리를 눈먼 장님으로 만들었나.

問墨客
문 묵 객

彩毫貪墨幾經年
채 호 탐 묵 기 경 년
文識卑微眄視聯
문 식 비 미 면 시 련
章句一篇無所作
장 구 일 편 무 소 작
那何三絶畫家然
나 하 삼 절 화 가 연

묵객에게 묻다

채색 붓으로 먹을 탐한 지 몇 해이던가?
문식이 낮아 다른 사람의 대구(對句)나 훔쳐보고
스스로 지은 화제(題詩) 한 수도 없으면서
어찌 시·서·화를 아우르는 문인화가인 체하는가?

名家古稀展有感
명 가 고 희 전 유 감

筆生所作慕華風
필 생 소 작 모 화 풍
根底昏忘墨跡空
근 본 혼 망 묵 적 공
衆庶師事能寫手
중 서 사 사 능 사 수
姓孫不畏可憐翁
성 손 불 외 가 련 옹

어느 유명한 분의 고희전을 보고

평생 동안 이룬 작품이 중국을 흠모하는 서풍이니
근본이 보이지 않는 묵적이 그저 공허할 뿐이네.
뭇 사람들의 스승으로 글씨만 잘 쓸 뿐
후손을 두려워하지 않는 가련한 늙은이로세.

懷三奇結義
회 삼 기 결 의

今朝湯井輓雲屯
금 조 탕 정 만 운 둔
醉墨門徒咽血呑
취 묵 문 도 연 혈 탄
回憶盛年論藝道
회 억 성 년 논 예 도
三奇結義野生根
삼 기 결 의 야 생 근

삼기결의를 회고하다

오늘 아침 탕정에 만장(挽章)이 구름처럼 모여들고
취묵헌의 제자들은 피눈물 삼키고 있었네.
회고하건대 혈기 왕성하던 시절에 예술의 길 논하던
우리 세 사람의 결의는 각자의 뿌리였으니.

* 湯井(탕정): 아산시 탕정면(취묵헌 인영선 선생의 고향으로 그의 묘가 있는 곳).
* 野生(야생): '자기'의 낮춤말.

胸中懷擁人天地
흉 중 회 옹 인 천 지
手迹無求木石軒
수 적 무 구 목 석 헌
空夜首星尋不見
고 야 수 성 심 불 견
雖然印法百家存
수 연 인 법 백 가 존

가슴에 인간 세상의 도리와 천지자연의 질서를 품었지만
연적(필묵)으로 명리를 구하고자 함이
목(木)·석(石)·헌(軒)에게는 없었지.
텅 비어 쓸쓸한 밤 큰 별(큰형) 찾아도 보이지 않지만
그래도, 취묵헌의 법통은 백여 제자들에게 남겨졌네.

* 手迹(수적): 연적(硯滴).
* 2020년 5월 31일, 木人 簽.

獨白
독 백

惟吾創意自顔尋
유 오 창 의 자 안 심
獨樂人捐我取吟
독 락 인 연 아 취 음
所欲從吾剖字圄
소 욕 종 오 부 자 어
平生求道去愁心
평 생 구 도 거 수 심

독백

내 생각하건대 창의는 자기 얼굴을 찾는 것이고
나 홀로 즐기는 것은 다른 사람들이 버린 것들을 내가 취하여
노래하는 것이다.
필묵 표현을 내 뜻대로 하고 싶어 문자의 감옥을 깨뜨렸으니
평생의 도를 구하는 것에 근심이 사라졌다.

懷疑
회 의

一瞽引文盲
일 고 인 문 맹
相牽入火坑
상 견 입 화 갱
歲過經後考
이 과 경 후 고
豈曰是先生
기 왈 시 선 생

마음속에 품은 의심

한 맹인이 글 모르는 제자를 이끌고
서로 끌어당기면서 불구덩이로 들어가네.
세월이 지난 후에 생각해 보니
이를 어찌 바른 선생이라 말할 수 있을까?

染汚書壇
염 오 서 단

清外無求處士墀
청 외 무 구 처 사 지
文盲書客勒名垂
문 맹 속 객 늑 명 수
頑貪利欲多毛遂
완 탐 이 욕 다 모 수
誰豈囊中不見錐
수 기 낭 중 불 견 수

오염된 서단

맑음 외에 구하는 바 없는 처사의 흙마루에
글 모르는 서가(書家)들의 이름이 드리워져 있네.
이익을 탐하는 모수(毛遂)는 수없이 많지만
어느 누구의 주머니에도 송곳은 보이지 않네.

* 毛遂(모수): 춘추전국 시대 조(趙)나라 사람. 평원군(平原君)의 식객(食客)이었다. 효성왕(孝成王) 9년 진(秦)나라가 조나라를 공격해 한단(邯鄲)을 포위하자 왕이 평원군을 시켜 초(楚)나라에 구원을 청하게 했다. 이때 식객 가운데 문무를 겸비한 사람 20명을 대동하고 가게 되었는데 19명까지는 선발했지만 한 명이 부족하자 그가 자천(自薦)하고 나서 동행하게 되었다.
  이때 평원군이 그렇게 두각(頭角)을 나타내지 못한 그를 미덥지 못하게 여기자 "이번에 주머니 속에 넣어 주시기만 한다면 끝뿐만 아니라 자루(柄)까지 드러내 보이겠다."고 자신했다. 이때

고사성어(故事成語) '낭중지추(囊中之錐)'가 나왔다. 초나라에 도착한 뒤에 평원군이 초나라와 회담을 벌였지만 타결이 되지 않았다. 그때 그가 칼을 뽑아 들고 올라가 조나라를 구하고 진나라를 공격하는 일에 대한 이점을 말해 초나라가 협약을 맺도록 하여, 평원군이 삼촌지설(三寸之舌)이 백만의 대군보다 위력이 있다면서 상객(上客)으로 삼았다고 한다.

5

喝 할

五月
오 월

五月事非常
오 월 사 비 상
平民集廣場
평 민 집 광 장
銃前民意立
총 전 민 의 립
此是武珍光
차 시 무 진 광

오월에

오월의 비상사태에
서민들이 광장에 모였다.
총구 앞에서 민의를 세우니
이것이 바로 광주의 빛(정신)이다.

* 1980년 남도시사(道南詩社) 11월 각운(脚韻).
* 수구용운(首句用韻)으로 '常', '場', '光'이 운자(韻字)임.

歲月號
세 월 호

昨夜煙霞動
작 야 연 하 동
今朝歲月沈
금 조 세 월 침
天衣何處掛
천 의 하 처 괘
電視始終尋
전 시 시 종 심

세월호

어젯밤 물안개 움직이더니
오늘 아침 세월호(歲月號) 가라앉네.
나라님의 옷은 어디에 걸려 있었을까?
TV가 찾고 있네.

* 電視(전시): 텔레비전.

尋望月洞
심 망 월 동

憶昔當年痛
억 석 당 년 통
場中血淚紅
장 중 혈 루 홍
雲屯欷望月
운 둔 희 망 월
忘不武珍風
망 불 무 진 풍

망월동을 찾다

그때의 아픔을 기억하는가?
광장은 피눈물에 붉게 물들었고
구름처럼 모여든 망월동에서 흐느껴 울었던
광주의 피바람을 잊지 말아야.

偶吟
우음

衆盲擧手法權丞
중맹거수법권승
謀士甘言正義崩
모사감언정의붕
黃閣飯床威鼠族
황각반상위서족
靑宮宣果滿蒼蠅
청궁선과만창승

우연히

맹인들의 거수로 법치와 권력이 승계되고
간교한 모사들의 달콤한 말에 정의는 무너진다.
국회의 밥상에는 쥐새끼들이 권위를 세우고
청와대에서 내리는 과일에는 쉬파리들만 가득하다.

袋猿
대 원

昔年島狙接如人
석 년 도 저 접 여 인
近日人裝忘本身
근 일 인 장 망 본 신
虛想成狂啼向主
허 상 성 광 제 향 주
不知天道自沈淪
부 지 천 도 자 침 륜

자루 속의 원숭이

옛날에 섬나라 원숭이를 사람처럼 대해줬더니
근래는 사람 모습으로 꾸며 근본을 망각하고 있네.
헛된 생각에 주인을 물려고 대드는데
하늘의 도리를 모르니 스스로 침몰할 수밖에.

* 袋猿(대원): 자루 속에 든 원숭이.
대원(帒猿)이라고도 함(帒와 袋는 同字)
* 2019년 9월, 韓日貿易制裁를 보면서.

加臨土
가 림 토

鳥迹繫華舊六書
조 적 계 화 구 육 서
龜文嗣朝近天開
구 문 사 조 근 천 개
中原古字圓形尙
중 원 고 자 원 형 상
箕子加臨直筆來
기 자 가 림 직 필 래

가림토

조적문자는 중화에서 이어받아 옛날의 육서가 되었고
구갑문자는 조선에서 이어받아 새로운 하늘을 열었다.
중국의 옛 글자는 원형을 추구하고
기자조선의 가림토(加臨土)는 직필에서 온 것이다.

請君莫語東國眞體
청 군 막 어 동 국 진 체

君不見
군 불 견
憫然登妄語
민 연 등 망 어
今日夕刊聞
금 일 석 간 문
君不聽
군 불 청
門外平生寫
문 외 평 생 사

그대에게 청하노니 동국진체 말하지 마시길

그대 보았는가.

민망한 거짓이 게재된

오늘 석간신문을.

그대 들었는가.

문밖에서 평생 동안 글씨를 베낀

癡庵隸下孫
치 암 예 하 손
自稱東國本
자 칭 동 국 본
書脈繼承云
서 맥 계 승 운
所欲那如此
소 욕 나 여 차
爲人復忘言
무 위 부 망 언

치암에게 딸린 노예의 손자가
스스로 칭하여 이 나라의 근본
서맥(書脈)을 계승했다고 하는 말을.
하고 싶은 욕심이 어찌 이와 같을까?
사람 됨됨이에 다시 할 말을 잃을 뿐.

* 癡庵(치암): 명말 서예가인 왕탁(王鐸, 1592~1652)의 호.